D1118310

*La voix était envoûtante*

— Tu vas penser que je suis fou, Julie, disait le message sur le répondeur. Et je le suis sans doute. Fou de toi. Ne ris pas. Ce n'est pas une blague. Je te trouve formidable. Peut-être qu'un jour je pourrai te le dire face à face mais, d'ici là, je garde un oeil sur toi. Et, crois-moi, c'est une vue réjouissante. À bientôt, Julie.

Tout en écoutant, Julie se pencha sur l'appareil, le doigt prêt à appuyer sur le bouton de sauvegarde pour ne pas perdre le message.

Qui était-ce? Y avait-il un garçon, parmi ceux qu'elle avait rencontrés la veille, qui avait une voix aussi douce, aussi suave? Ou la transformait-il? N'était-ce pas une blague, malgré ce qu'il en disait?

Julie rembobina et écouta de nouveau, bien décidée à capter la moindre fausse note qui démasquerait la voix ou dénoncerait la plaisanterie. Mais elle n'entendit que le même message tendre prononcé d'une voix douce et calme, un rien timide. Cette timidité, d'ailleurs, la rendait encore plus séduisante.

Elle écouta une troisième fois et sauvegarda le message, sachant qu'elle l'écouterait encore.

## Dans la même collection

Quel rendez-vous!

L'admirateur secret

# L'admirateur secret

*Carol Ellis*

Traduit de l'anglais par
DENISE CHARBONNEAU

**Données de catalogage avant publication (Canada)**

Ellis, Carol, 1945-

L'admirateur secret

(Frissons)
Traduction de: My secret admirer.

ISBN 2-7625-3207-8

I. Titre. II. Collection

PZ23.E44Ad 1990 j813'.54 C90-096566-5



Dépôts légaux : 4e trimestre 1990
Bibliothèque nationale du Québec
Bibliothèque nationale du Canada

ISBN : 2-7625-3207-8 Imprimé au Canada

LES ÉDITIONS HÉRITAGE INC.
300, Arran, Saint-Lambert, Québec J4R 1K5
(514) 875-0327

# Chapitre 1

Julie ne sut jamais ce qui l'avait réveillée. Elle dormait profondément et, en moins d'une minute, elle s'était trouvée tout éveillée, son édredon entortillé autour des jambes et les battements de son coeur bourdonnant à ses oreilles. Le silence qui l'entourait était aussi profond que l'avait été son sommeil. Le bruit de la circulation ne pouvait être en cause, car la maison se trouvait à des kilomètres de la route principale. Le clair de lune, alors? L'isolement de la maison avait fait qu'ils ne s'étaient pas encore souciés d'installer des stores aux fenêtres et un large rayon de lune éclairait son oreiller comme un ruban de lumière. Heureusement qu'il y avait la lune, d'ailleurs, sans quoi Julie aurait pu être saisie de panique dans l'obscurité, à se demander où elle se trouvait. Mais elle y voyait suffisamment pour se rendre compte qu'elle était chez elle.

Chez elle. Enfin, pas tout à fait. Pas encore, du moins. Julie et ses parents avaient emménagé dans cette nouvelle maison environ deux semaines auparavant et elle savait d'expérience qu'il lui faudrait plus longtemps pour se sentir vraiment chez elle. Si on lui en laissait la chance, il va sans dire.

«Quatre déménagements en six ans», pensa-t-elle. Pas étonnant qu'elle ait du mal à se rappeler où elle se trouvait, au beau milieu de la nuit. Avec un père dont le travail de consultant l'amenait aux quatre coins du pays et une mère qui avait la bougeotte dès qu'elle avait passé un an au même endroit, il y avait de quoi être désorientée.

Quelque chose qui bougea au pied du lit vint interrompre le cours de ses pensées. Julie s'étira les jambes et son gros orteil toucha une curieuse masse, qui lui renvoya un grognement.

— Cannelle, tu es réveillée? N'essaie pas de me faire croire que tu dors, ça ne prend pas.

Finalement, la masse se redressa avec un gros soupir et Julie rit doucement. Cannelle, une vieille chienne au pelage blond roux tournant au gris, clignait des yeux d'un air hébété. Jadis une petite chienne boulotte, elle était devenue avec l'âge une vieille chienne grassouillette toujours en train de sommeiller. Julie étendit la main pour la caresser.

— Allez! dit-elle avant que Cannelle ne retombe dans le sommeil. Je suis complètement réveillée. Allons faire un tour.

Pour Julie, aller faire un tour était devenu le remède contre l'insomnie. Chaque fois qu'ils déménageaient, elle se réveillait à des heures indues en se demandant où elle était, sans pouvoir se rendormir une fois qu'elle avait trouvé. Elle savait bien que dans quelques semaines elle dormirait ses huit heures d'un sommeil de plomb comme à l'accoutumée mais, en attendant de se familiariser avec la maison, une promenade nocturne valait encore mieux que de rester allongée à contempler un plafond inconnu.

Elle enfila une vieille paire de pantoufles, sortit de sa chambre et descendit l'escalier suivie de la chienne récalcitrante qui se dandinait avec des bâillements sonores. Elle alla se verser un verre de lait à la cuisine et tendit un biscuit à Cannelle pour la récompenser de sa complaisance. Puis laissant la chienne grignoter béatement son biscuit sur le carrelage frais, elle prit son verre et alla fureter dans la salle de séjour.

Ses parents s'étaient littéralement entichés de la maison à la seule vue de cette pièce, qui occupait presque la moitié du rez-de-chaussée, d'avant en arrière. Son haut plafond en cathédrale muni de poutres abritait un foyer en pierre et le mur du fond n'était que fenêtres donnant sur les collines couvertes de pins et de trembles. Au-delà des collines, baigné en ce moment dans le clair de lune laiteux, se dressait un massif rocheux en forme de fer à cheval qui entourait la petite ville de Rocaille, d'où le nom lui était venu.

On disait que l'endroit était fameux pour la randonnée pédestre et idéal pour apprendre l'escalade, si toutefois l'envie vous prenait de vous lancer à l'assaut des montagnes qui avaient rendu la région célèbre. Jusqu'à présent, Julie n'avait pas été gagnée par cette envie. Elle n'était même pas encore allée jusqu'aux rochers et elle n'était pas sûre d'y tenir. Ils étaient certes magnifiques et très impressionnants mais, à vrai dire, ils lui donnaient la chair de poule. Elle était convaincue qu'ils grouillaient de serpents et de coyotes, sans compter quelques ours. Mais plus encore que l'hostilité de sa faune, c'était le massif lui-même qui l'effrayait. Il se dressait menaçant, semblable à une ombre terrifiante, fantomatique.

À cette heure-ci, ce n'était qu'une masse sombre mais, à la tombée du jour, le grès rose tournait au rouge sang sous l'effet du soleil couchant. En regardant par les hautes fenêtres, Julie se dit, parcourue d'un frisson, que le même phénomène devait se produire à l'aube.

Quelque chose de froid sur sa jambe nue la fit sursauter. Cannelle, qui s'était approchée doucement dans l'espoir d'obtenir encore une friandise, s'assit sur son train, l'air coupable. Julie se mit à rire.

— T'en fais pas, ma vieille, je suis un peu nerveuse. Tu n'y es pour rien si ton museau est froid et humide. Retournons nous coucher.

La chienne ne fit pas d'objection. La perspective de retourner se coucher lui souriait plus qu'un biscuit. Jetant un dernier coup d'oeil au paysage, Julie considéra elle aussi que le lit valait mieux que ce spectacle. Elle alla rincer son verre et remonta à sa chambre. Peut-être après tout que c'étaient ces rochers qui la réveillaient en pleine nuit. Peut-être que la masse de roc imposante s'immisçait dans son sommeil jusqu'à ce qu'elle en sorte pour la contempler.

— Ce que tu dois faire, Julie, disait Richard Ferron, c'est affronter les rochers en plein jour.

Il enfourna des tranches de pain dans le grille-pain et se versa une tasse de café. Puis il s'appuya sur le comptoir et regarda Julie.

— Si tu vas les escalader, je t'assure que plus rien ne troublera ton sommeil. Tu seras trop exténuée pour penser à autre chose qu'à dormir.

Julie ne put s'empêcher de sourire. Elle aurait dû se douter que son père trouverait une réponse; il avait réponse à tout.

— Je t'ai simplement dit, papa, que je ne raffolais pas de ces rochers. Je n'ai pas dit que j'en avais une peur morbide.

— Ce n'est pas ce que je dis non plus, ajouta-t-il en beurrant une rôtie qu'il lui tendit. Je dis seulement que tu dormirais mieux si tu faisais plus d'exercice. Défaire des boîtes et ranger, ce n'est pas comme prendre l'air et se délier les jambes. D'ailleurs, l'exercice nous ferait du bien à tous et je crois que j'ai une idée.

À la voix enthousiaste de son père, Julie devina ce qui se préparait. Avant la fin de la matinée, ils se retrouveraient tous les trois au pied des rochers, munis d'un attirail d'escalade et prêts à vaincre les forces de la nature. Sa mère, loin d'y voir un inconvénient, prendrait sans doute la tête de l'expédition.

Julie avait hérité des cheveux blonds et des taches de rousseur de sa mère, des yeux bruns et des longues jambes de son père mais, par quelque caprice de la nature, ses parents n'avaient pas réussi à lui transmettre leur spontanéité et leur esprit d'initiative. Sa mère lui reprochait d'être trop prudente et de se creuser les méninges à tout propos. Julie se disait que ça devait un peu les ennuyer que leur seule fille soit si différente d'eux, mais elle n'y pouvait rien. Elle abordait les choses avec circonspection et réfléchissait longtemps avant d'agir. Comme maintenant à l'idée d'aller escalader ce Mont-Cervin.

— Richard!

La voix de madame Ferron se répercuta en écho sur les murs dénudés et Julie et son père l'entendirent dévaler l'escalier. Elle fit irruption dans la cuisine, les yeux brillants d'excitation.

— Bonnes nouvelles! Je viens de parler à l'agent d'immeuble et l'autre maison est vendue!

— Formidable! lança monsieur Ferron en portant un toast avec sa tasse de café. Au moins, nous n'aurons pas à supporter deux hypothèques.

Madame Ferron se précipita sur l'annuaire téléphonique qu'elle se mit à feuilleter.

— J'espère que je pourrai faire une réservation, marmonna-t-elle.

— Où vas-tu? demanda Julie.

— Comme tu sais, il reste encore des choses dans la maison et il faut veiller à ce que le transfert de propriété se passe sans heurts.

Julie hocha la tête. Sa mère ne pouvait s'empêcher de tout diriger en coulisse.

— Réserve pour deux, lança monsieur Ferron pendant que sa femme décrochait le téléphone. Puisque je dois retourner là-bas de toute façon pour conclure un contrat, autant faire d'une pierre deux coups.

— Bonne idée, acquiesça madame Ferron. Je réserve pour deux. À condition qu'il y ait de la place, naturellement.

— Tu n'oublies personne? demanda Julie.

Madame Ferron déposa le récepteur et se frappa le front.

— Mais bien sûr! s'écria-t-elle. Les peintres.

— Quels peintres? demanda Julie. Je parlais de moi.

— Toi? fit sa mère, confuse.

— Moi, ta fille. Tu te rappelles?

À la confusion se mêla la culpabilité. Aurait-elle oublié quelque chose d'important à propos de sa fille? Julie vint à la rescousse.

— Je parle de réserver pour moi aussi. À moins que tu tiennes à ce que je reste ici.

Madame Ferron sauta sur la dernière partie de la réplique.

— Mais oui! Tu pourrais t'occuper des peintres.

Et levant le sourcil avec un rien d'exaspération elle s'empressa d'ajouter :

— On ne t'a évidemment pas oubliée, Julie. Mais tu ne veux pas venir.

C'était bien là sa mère. Elle ne demandait pas, elle affirmait. Au grand désespoir de Julie, sa mère avait tendance à présumer de ce que les gens voulaient et ne voulaient pas. Ironie du sort, elle avait souvent raison. C'était précisément le cas en ce moment. Julie n'avait aucune envie d'accompagner ses parents. Ils venaient à peine de déménager et c'est tout juste s'ils avaient déballé leurs affaires. La seule idée de remplir encore une valise l'exaspérait. Si elle restait, elle pourrait arranger sa chambre, accrocher ses cadres, ranger ses livres et bricoler à son aise sans avoir ses parents sur les talons pour la bousculer. Ou pire encore, pour l'entraîner dans l'escalade. D'un autre côté, l'idée de rester seule ne l'enchantait guère. À vrai dire, elle était terriblement sérieuse pour ses seize ans et, en temps normal, la solitude ne lui aurait pas pesé. Mais elle n'était pas encore habituée à la maison, surtout aux bruits nocturnes. Et comme les cours ne reprenaient pas avant trois semaines, elle ne connaissait personne.

Ses parents se consultèrent du regard, comme pour essayer de communiquer par télépathie. Ils étaient très forts à ce petit jeu mais Julie savait très bien décoder les messages. Ni l'un ni l'autre ne la forcerait, mais tous deux souhaitaient qu'elle reste. Sa mère tenait à ce qu'il y ait quelqu'un pour recevoir les peintres et son père tenait à ce que quelqu'un garde la maison compte tenu qu'il n'y avait pas de voisins à deux kilomètres à la ronde. Et le temps qu'elle mettait à se décider les impatientait. Finalement, après réflexion, elle se décida.

— Vous avez raison. Je n'ai aucune envie de partir en voyage. Allez-y et je m'occuperai des peintres.

Soulagement. Sa mère retourna au téléphone tandis que son père se versait un autre café. Julie se pencha pour flatter Cannelle qui s'était cantonnée sous la table et avait fini pas s'endormir dans la vaine attente d'un reste.

— Réveille-toi, Cannelle. Tu vas devoir faire le chien de garde pendant quelques jours.

— Cette chienne ne peut rien surveiller, grommela monsieur Ferron, pas même son poids. Tu devrais l'amener faire de l'escalade, ça lui ferait perdre quelques kilos à coup sûr.

— Ça pourrait aussi lui donner une attaque, fit remarquer Julie. Et puis, c'est dangereux de grimper toute seule. J'aime mieux vous attendre.

— Tu as raison, oublie ça. Contentez-vous de garder la maison. Mais souviens-toi, ajouta-t-il avec un brin de malice, les rochers n'auront pas bougé à notre retour.

Il n'y avait pas de place dans l'avion avant deux jours. Ils auraient donc pu aller faire de l'escalade, après tout, mais sa mère avait autre chose à faire dans la maison et son père devait étudier des documents, ce qui fait que Julie fut épargnée. Elle n'était pas épargnée, toutefois, de l'esprit d'entreprise de ses parents. Heureusement, elle en avait l'habitude et plutôt que de se laisser envahir par leur frénésie, elle offrit d'aller faire des courses. Sa mère émergea d'un flot de listes de choses à faire, le temps de lui tendre les clefs de la voiture et de lui dire de conduire prudemment, puis elle replongea dans ses préparatifs.

Rocaille était une petite ville; les gens faisaient le gros de leurs courses à une quarantaine de kilomètres de là, où il y avait un centre commercial assez grand pour s'y perdre. La région regorgeait de gens fortunés mais on pouvait difficilement s'en douter à Rocaille même. Un petit magasin où l'on vendait des bougies et des cartes peintes à la main constituait sa boutique la plus huppée et le reste se limitait au strict nécessaire : une petite épicerie, un vétérinaire, un bureau de poste, une boutique de vêtements spécialisée dans les jeans, une pharmacie et un restaurant.

Néanmoins, Julie s'y plaisait bien. Elle devait admettre que les rochers offraient un site merveilleux. Comme elle avait toujours habité dans des endroits très animés, elle appréciait le calme de la petite ville, où l'air était pur et embaumait le pin.

Elle acheta ce que sa mère lui avait demandé, ajouta quelques friandises et deux pizzas surgelées pour elle, vérifia s'il y avait des nouveautés au rayon des livres puis, n'y trouvant rien d'intéressant, regagna la voiture.

Elle fouillait dans la poche de son short pour trouver ses clefs quand elle entendit le bruit très caractéristique des sabots d'un cheval. Puis une voix lui lança :

— Salut! Je parie que tu es notre nouvelle voisine.

Julie se retourna et vit effectivement un grand cheval bai à la robe luisante, monté par une fille aux cheveux bruns assortis et coupés courts. Elle montait à cru et ne semblait pas le moindrement gênée de se trouver à cheval dans une rue asphaltée bordée de voitures.

— Je suis Sonia Rafino. J'étais en visite chez mes grands-parents mais je n'étais pas aussitôt rentrée, hier, que ma mère m'a annoncé qu'il y avait de nouveaux venus dans la maison au bout de notre route et qu'ils avaient une fille à peu près de mon âge. Ça ne peut être que toi.

En quelques minutes, Julie sut que Sonia et elle avaient le même âge et qu'elles seraient dans le même groupe à la rentrée des classes.

— J'ai cru que j'étais la seule jeune dans les parages, lança Julie. Nous sommes ici depuis deux semaines et tu es la première que je rencontre. Je commençais à me demander si je n'étais pas une espèce en voie d'extinction.

— T'en fais pas, il y en a d'autres. Mais l'été, tout le monde est dispersé : le travail, les vacances, et tout. Ce sera bien différent à la rentrée.

Julie avait évidemment entendu parler de l'école secondaire du coin, considérée comme la meilleure de la région, et ses parents ne cessaient de lui répéter qu'elle avait de la chance d'y être inscrite. Mais y être inscrite était une chose, y demeurer en était une autre. Julie se disait en effet que si ses parents restaient en place assez longtemps pour qu'elle puisse terminer ses études secondaires au même endroit, peu lui importait que l'école soit réputée ou non.

— Je suppose que tous les jeunes sont très liés? demanda-t-elle, espérant toutefois ne pas se sentir envahie. On m'a dit que l'école comptait environ deux cent cinquante élèves, alors je suppose qu'on doit se tenir les coudes.

— Oui, la plupart, répondit Sonia en plissant son nez retroussé, comme s'il y en avait certains qu'elle aurait préféré éviter. Mais t'en fais pas, tout le monde est très gentil. Tu seras vite adoptée, à condition que tu passes le test, bien sûr.

Julie la regarda étonnée.

— Je te taquine, lança Sonia avec un sourire épanoui. Nous ne sommes pas assez nombreux pour faire de la ségrégation, tu n'as rien à craindre.

Julie se mit à rire et la trouva sympathique.

— D'ailleurs, poursuivit Sonia, demain soir tu auras l'occasion de constater par toi-même à quel point nous sommes tous formidables. Si tu es libre, évidemment.

— Mon agenda n'est pas très chargé, à vrai dire, répondit Julie en riant. Qu'y a-t-il, demain soir?

— Une chasse au trésor. Nous la faisons tous les étés et c'est la seule soirée, demain, où presque tout le monde est en ville. Je comptais aller jusque chez toi pour t'inviter.

— Merci. J'irai certainement. Ça doit être amusant.

— Oh! c'est super, renchérit Sonia. C'est un des professeurs qui dresse la liste et c'est chaque fois plus difficile. Bon, fit-elle soudain en flattant sa monture, il faut que je ramène Emma avant qu'elle fasse un dégât que je devrai nettoyer. Tu montes à cheval?

— Pas tellement, mais je me débrouille.

— Bravo. Nous avons quatre chevaux, annonça Sonia, dont un particulièrement doux. Nous pourrions aller jusqu'aux rochers, un de ces jours, apporter un pique-nique et faire un peu d'escalade. Tu fais de l'escalade?

— Pas encore, répondit Julie.

— Ça n'est pas aussi terrible que ça en a l'air. C'est très bien là-haut; tu verras, quand tu y seras habituée.

Julie la regarda s'éloigner avec un sourire ironique. Décidément, elle n'y échapperait pas. Tôt ou tard, elle devrait se mesurer à ces rochers.

# Chapitre 2

— Une citrouille expressive? lança quelqu'un. C'est bien une lanterne d'Halloween, non? Comment peut-on trouver une lanterne d'Halloween en plein mois d'août?

— Et une citrouille, donc! grogna quelqu'un d'autre. Quel est donc l'esprit tortueux qui a pondu cette liste?

La liste de la chasse au trésor était reçue par des rires débridés et de joyeuses lamentations. Julie n'y jeta qu'un bref coup d'oeil, trop occupée qu'elle était à examiner tout le monde, à essayer de retenir les noms et les visages.

— Ça doit être Lanctôt, lança une voix. J'y vois l'oeuvre de sa main malicieuse.

— Non coupable! fit une voix calme. J'ai bien essayé, mais comme monsieur Maillé a refusé d'utiliser l'ordinateur, je n'ai pas pu exercer mon influence.

— Monsieur Maillé est l'un de nos profs d'histoire, souffla Sonia à Julie. Et le garçon qui vient de nier son intervention dans la liste, c'est Denis Lanctôt, le cerveau de la classe. C'est un maniaque d'informatique et il paraît que sa chambre est un vrai laboratoire d'électronique.

Pour le moment, le Denis en question, un garçon aux cheveux blond roux et aux yeux d'un bleu très pâle, se faisait chahuter par un autre garçon qui devait bien faire vingt kilos de plus que lui. C'était Carl Benoît, l'étoile de football de l'école.

Sonia, qui était une source intarissable d'information, avait déjà présenté Julie à tout le monde, racontant d'où elle venait, où elle habitait, comment elle essayait de la convaincre de faire de l'escalade. Même le fait que ses parents allaient s'absenter pour quelques jours n'était plus un secret pour personne. Sonia incitait tout le monde à lui téléphoner pour qu'elle se sente moins seule. Julie ne parlait pas beaucoup; Sonia ne lui en laissait guère la chance. Mais les gens étaient amicaux, elle se sentait acceptée et elle était contente d'être venue.

Pendant qu'ils commentaient avec force blagues la liste des objets à trouver, Sonia continuait à faire pour Julie le portrait de tous les membres du groupe rassemblés dans le parc de stationnement de l'école : Alice était un peu étourdie mais très gentille; Marc se prenait pour un parfait don Juan; Karine était presque aussi brillante que Denis. De toute évidence, Sonia avait sa petite idée sur chacun. Il était évident aussi qu'elle était un peu commère, mais c'était sans malice. Julie se dit que lorsqu'elle connaîtrait bien tout ce monde, elle se ferait elle-même une opinion. D'ici là, elle appréciait les esquisses à grands traits que lui traçait Sonia.

— Qui est-ce? demanda soudain Julie en voyant un couple arriver dans une Toyota cabossée.

— Où ça? s'enquit Sonia. Oh! c'est Diane Labrie,

dit-elle en baissant la voix. Elle vient tout juste de rompre avec Carl. Et ça n'a pas été une rupture amicale, crois-moi. Carl est si possessif, on dirait qu'il sort tout droit des années cinquante. Quant à Diane... moins on en parle, mieux ça vaut.

Julie lança un rapide coup d'oeil à Diane, une très jolie blonde qui avait une silhouette superbe. Mais son regard se porta sur son compagnon.

— Et... c'est qui, le garçon qui l'accompagne? demanda-t-elle sur un ton qui se voulait détaché.

Le garçon qui marchait aux côtés de Diane avait des yeux noirs comme on en voit rarement, de longues jambes et une taille élancée. Julie avait un faible pour les grands garçons élancés.

— Oh! tu l'a remarqué, n'est-ce pas? gloussa Sonia. Je ne te blâme pas. Il n'est pas vraiment beau mais il a quelque chose, pas vrai? Et il est très gentil, aussi. Tranquille, mais gentil.

— Vas-tu me dire son nom, à la fin?

— David Roy, répondit Sonia. Si tu es intéressée — et je vois bien à l'étincelle dans ton regard que c'est le cas — je peux tenter de le tirer des griffes de Diane.

Sur ce, elle s'éloigna prestement, sans que Julie ait le temps de la retenir. Elle était déjà avec David et Diane, gesticulant et parlant sans arrêt. Julie voulait disparaître mais il était déjà trop tard : Sonia revenait vers elle avec Diane et David à ses trousses.

— Voici Julie Ferron, dit-elle avec un sourire radieux. Julie, je te présente David et Diane.

Vue de près, Diane n'était pas que jolie : elle était magnifique. Et Julie, qui avait pris soin de mettre son jean préféré et un chandail en coton d'un brun soutenu qui rehaussait la blondeur de ses cheveux, se sentait totalement terne et fade à côté d'elle. Diane aurait été encore plus belle si elle avait souri, mais elle ne souriait pas. Le monde entier semblait l'ennuyer, y compris Julie.

— J'espère que tu te plais à Rocaille, dit-elle d'une voix dépourvue de sincérité. Si tu dis oui, tu es une imbécile, persifla-t-elle avec un clignement de ses yeux violets. Tu n'es pas une imbécile, n'est-ce pas?

— J'espère que non, répondit Julie avec un petit rire gêné.

— Alors que fais-tu ici ce soir?

— Je t'en prie, Diane, intervint David.

Julie sentit la moutarde lui monter au nez.

— Je pourrais te poser la même question, lança-t-elle.

Le joli minois de Diane se durcit.

— Je serais prudente, si j'étais toi. Tu ne pars pas du bon pied.

Julie aurait aimé pouvoir lui répondre du tac au tac mais Diane avait déjà tourné les talons et se dirigeait vers Denis quelque chose... le génie.

Il y eut un silence embarrassé, que Sonia rompit.

— Eh bien! C'est une chance que Diane ne fasse pas partie du comité d'accueil. Écoute, continua-t-elle à l'intention de Julie, j'ai promis à Carl de commencer la chasse au trésor avec lui, alors je te reverrai plus tard. À tout à l'heure!

Julie sentit ses joues s'enflammer et regarda David du coin de l'oeil.

— Je regrette, dit-il. Diane n'est pas très chaleureuse mais, d'habitude, elle est moins désagréable. Quelque chose la tracasse, j'ignore quoi au juste.

— Ça ne fait rien, dit Julie en secouant la tête.

— Si, ça fait quelque chose. Mais ne te laisse pas troubler. Tu dois avoir les idées claires, si tu veux être ma partenaire.

— Bien, je ne sais pas... dit-elle en hésitant, croyant qu'il se montrait gentil pour lui faire oublier l'incident. Bon, d'accord, si tu n'y vois pas d'inconvénient.

— Pourquoi y verrais-je un inconvénient? Tout ce qui m'ennuierait, c'est d'avoir une imbécile comme partenaire et la seule imbécile ici vient de partir en compagnie de Denis.

Il se mit à rire et Julie rit avec lui. Elle se sentait mieux et chassa de ses pensées le mauvais souvenir de Diane.

— Allez! tout le monde! cria quelqu'un. On y va! Les premiers qui terminent allument le feu!

— Le feu? demanda Julie en se dirigeant avec David vers la Toyota. Vous brûlez les listes après la chasse?

— Non, mais ce n'est pas une mauvaise idée. Sonia ne t'a pas dit? On fait toujours un repas en plein air au pied des rochers après la chasse. Ceux qui finissent les premiers — ou qui abandonnent les premiers — partent le feu et on fait griller des saucisses.

— Ça me paraît amusant.

— Ça l'est. Mais ce qui l'est encore plus, ajouta-t-il avec une lueur dans l'oeil, c'est la chasse au trésor!

Julie n'avait jamais participé à une chasse au trésor mais elle entra vite dans le jeu. La ville entière semblait s'être préparée à leur intention. Partout où ils frappaient, les gens se montraient serviables, offrant de monter au grenier ou de fouiller leur entresol pour dénicher quelque petit objet, comme un onglet pour faire tourner les 45 tours. La liste donnait comme indice : tourne-disque, pré-dc. Julie avait fini par deviner.

— Pour une fille qui a été dardée par la reine abeille de l'école, ton cerveau fonctionne à merveille, avait commenté David en jetant le petit morceau de plastique dans leur sac.

Julie ne répondit pas et les taquineries de David ne l'offusquaient pas. Il la taquinait sans arrêt depuis le départ et pas seulement à propos de la scène avec Diane. Il avait un humour acerbe auquel Julie savait répondre, ce qui semblait lui plaire. En fait, elle avait l'impression de lui plaire beaucoup et elle-même n'était pas attirée que par son apparence. Chaque fois qu'ils décodaient un objet sur la liste, le dénichaient et l'ajoutaient à leurs trésors, ils rigolaient comme des enfants qui viennent de trouver une surprise au fond d'une boîte de céréales. Sauf qu'ils n'étaient pas des enfants et que la récompense n'était pas un petit bidule couvert de sucre pulvérisé. Pour Julie, la récompense, c'était d'être avec lui. Pendant qu'ils allaient d'une maison à l'autre ou roulaient vers un nouveau quartier, ils bavardaient comme deux amis de longue date qui viennent de se retrouver et essaient de rattraper le temps perdu. Il apprit presque tous les détails sur leurs nombreux déménagements, elle lui confia son espoir que celui-ci soit le dernier, son rêve de voir ses racines s'enfoncer si profondément qu'on ne pourrait plus la déloger. De son côté, Julie apprit qu'il vivait à Rocaille depuis dix ans, qu'il aimerait enseigner un jour sans toutefois en être absolument sûr, qu'il aimait escalader les rochers (elle ne lui en tint pas rigueur) et qu'il avait un penchant pour le bleu : la couleur bleue, la tarte aux bleuets et les jeans. Elle découvrit aussi que jamais elle ne s'était entichée aussi vite d'un garçon.

Elle n'était pas sûre de ses sentiments à lui, mais elle avait quelques indices. D'abord, bien que des groupes se soient formés au début de la chasse au trésor, ils s'étaient défaits et refaits. Chaque fois qu'il leur arrivait d'en croiser, au fil de leurs recherches, Julie avait noté que les rangs étaient modifiés.

— Je ne comprends pas, avait-elle fait remarquer. Si tout le monde change d'équipe, comment savoir qui a gagné?

— On fait parfois des échanges, lui expliqua David. Il arrive qu'on ait deux objets semblables, alors on fait un échange avec quelqu'un d'autre pour aider son équipe.

— Pourquoi est-ce qu'on ne l'a pas fait?

Il sourit, les yeux baissés sur sa liste.

— Ce n'est pas nécessaire, on se débrouille bien tout seuls.

Julie, juchée sur la pointe des pieds, examinait la liste par-dessus l'épaule de David et vit qu'ils avaient déjà trouvé dix objets sur vingt. Elle vit par la même occasion qu'il avait des mains robustes et de longs doigts effilés. Se débrouillaient-ils bien ensemble? En tous les cas, ils formaient la seule équipe intacte depuis le début. «S'il n'était pas attiré par moi, se dit-elle, il aurait déjà suggéré de faire un échange, non?»

David releva la tête et Julie sentit ses cheveux sombres lui effleurer la joue. Il s'écarta d'un pas, se retourna et baissa les yeux vers elle, les lèvres retroussées dans un sourire. Julie pensa qu'il allait l'embrasser, ce qui la rendit nerveuse. Non qu'elle n'en avait pas envie, mais l'instant n'était pas tout à fait assez romantique.

— Je crois que nous avons de la chance, fit David en pointant la liste. Regarde le numéro 13.

Voilà comment on chasse le romantisme! «De toute façon, se dit-elle, c'était trop tôt.»

— Un poulailler déserté, lut-elle. Indice : syndrome propre aux parents des élèves de première année. Puis, levant les yeux vers David : un nid abandonné?

Il acquiesça. Et c'est alors qu'il l'embrassa.

— Ça fait une heure que j'en ai envie, dit-il.

Julie sentit son souffle dans ses cheveux et elle sourit, le visage contre son épaule.

— Mais on s'est rencontrés il y a à peine une heure.

— Je succombe très vite, expliqua-t-il en riant.

Puis il s'écarta et brandit la liste.

— D'accord, un nid abandonné. Je le répète, nous avons de la chance.

— Et pourquoi donc? demanda Julie.

— Le massif est le meilleur endroit pour trouver un nid d'oiseau abandonné et je suis l'un des meilleurs grimpeurs des environs.

— Et tu es modeste, à ce que je vois.

— J'ai bien dit l'un des meilleurs. Viens, allons-y, dit-il en lui mettant une main sur l'épaule pour l'entraîner vers la voiture.

— Nous? fit Julie sans bouger. Tu es peut-être un bon grimpeur, mais ce n'est pas mon cas.

— Ça va aller, dit-il en lui passant un bras autour des épaules. Je ne me moquerai pas si tu dérapes.

Il l'entraîna et elle monta à contrecoeur dans la voiture.

— Qui parle de déraper? Je pensais à une chute qui risque de me rompre les os.

— Ça n'arrivera pas, dit-il en démarrant. Je me tiendrai derrière toi.

— Tu veux dire que tu vas me laisser aller la première?

Elle essayait de garder un ton enjoué mais ses mains devenaient moites, ce qui n'était certes pas excellent pour l'escalade.

— Je veux dire que je te laisserai passer devant. Comme ça, si tu tombes, tu tomberas sur moi et c'est moi qui me casserai les os.

— Mais ça n'arrivera pas, n'est-ce pas?

— Non, dit-il en riant. Ne t'en fais pas, tout ira bien.

Julie respira profondément et essuya discrètement ses mains sur ses cuisses. Si elle réussissait, elle pourrait raconter ses exploits à ses parents et peut-être qu'ils n'insisteraient plus pour l'amener faire de l'escalade. Elle ferma les yeux et, quand elle les rouvrit, quelque chose avait changé. À l'ouest, les nuages blancs duveteux étaient devenus cramoisis.

— Ce n'est pas mon imagination, n'est-ce pas? C'est bien le coucher du soleil?

— Oui, mais nous aurons tout le temps, la rassura David. Crois-moi, je ne me risquerais pas à grimper par ici dans l'obscurité.

— C'est bon à savoir, fit laconiquement Julie, qui aurait bien aimé que le soleil s'éclipse à l'horizon au lieu de se donner en spectacle.

Ils roulaient maintenant sur une route de terre droite qui menait au pied du massif, lequel était devenu aussi rouge que les nuages.

— C'est un site magnifique, n'est-ce pas? dit David en coupant le contact. Je crois que je ne m'en fatiguerai jamais.

Julie n'était pas tout à fait du même avis. Les rochers étaient magnifiques, pour sûr. Baignés dans une lumière cramoisie, ils s'élançaient vers le ciel comme un monument élevé à quelque dieu primitif.

— Prête? lui demanda David.

— Prête, fit-elle en redressant les épaules, avec un grand soupir.

La première chose qu'elle remarqua, c'est la chaleur qui se dégageait des rochers. C'était normal, puisque le soleil y avait dardé ses rayons toute la journée. Mais elle les avait imaginés froids et, en quelque sorte, cette tiédeur les rendait moins effrayants. Elle remarqua ensuite que David n'était pas toujours derrière elle. En fait, la plupart du temps il se trouvait au-dessus, s'arrêtant ici et là pour s'agripper et la hisser sur un espace minuscule où il avait pied. Il avait effectivement les mains robustes et, en dépit de sa peur, Julie en apprécia le contact.

— Je crois que je vois quelque chose, dit soudain David tandis qu'ils se tenaient côte à côte sur une petite plate-forme de grès en saillie.

— Comment peux-tu voir? demanda Julie.

Elle venait de remarquer une troisième chose : l'éclairage avait encore changé. Le roc était toujours tiède, mais elle ne sentait plus la chaleur du soleil dans son dos; les ombres s'étaient allongées et le vent s'était levé.

— Moi, dit-elle, je vois qu'il commence à faire noir.

— T'en fais pas, ça ne durera pas. Il ne fait pas encore nuit, ce ne sont que des nuages.

En effet, en se retournant Julie aperçut une masse de nuages sombres qui roulaient sur la partie ouest du massif.

— Ce ne sont pas les mêmes petits nuages floconneux qui étaient là il y a une demi-heure, fit-elle remarquer. Ceux-ci ont vraiment l'air menaçant.

— Tu es à Rocaille depuis assez longtemps pour avoir remarqué les orages de fin de journée : un grand vent, de gros nuages sombres et trois gouttes de pluie.

— J'ai remarqué. Mais jamais d'ici. C'est une toute nouvelle perspective, ajouta-t-elle en essayant en vain de sourire.

— Dans dix minutes ce sera fini, tu verras.

David lui passa le bras autour des épaules, ce qui les obligea à rétablir leur équilibre précaire. Pour la première fois, Julie n'apprécia pas son contact.

— Écoute, dit-elle, je dois t'avouer quelque chose. Je me sens terrifiée depuis que nous avons mis le pied sur cette extraordinaire formation rocheuse et le petit orage qui se prépare n'a rien pour me rassurer. Tout ce qui peut me calmer, c'est de sentir la terre ferme sous mes pieds.

David comprit et il lui étreignit doucement l'épaule.

— Tu as raison, dit-il. C'est idiot de rester ici dans la tempête. Oublions le nid et redescendons.

Évidemment, il ne suffisait pas d'en émettre le souhait. Seul un processus inverse d'une lenteur navrante les mènerait à bon port. Les prises de main et de pied qu'ils avaient utilisées pour monter semblaient s'être déplacées, ou alors l'obscurité montante les rendait difficiles à trouver et Julie passa de longs moments à se cramponner à la paroi rocheuse pendant que David cherchait à tâtons un endroit sûr, puis l'aidait à descendre pas à pas jusqu'à lui. Le vent était devenu plus fort; les cheveux de Julie tournoyaient autour de son visage et elle recevait du sable dans les yeux et dans la bouche, mais il ne pleuvait pas.

— On y arrive, dit David pendant que Julie se plaquait derrière lui dans une faille étroite entre deux rochers inclinés, ses genoux repliés lui labourant le dos.

Il se tourna pour dire quelque chose et elle vit qu'il avait les épaules tendues et les lèvres serrées.

— Qu'y a-t-il?

— J'ai cru entendre quelque chose, dit-il en tendant l'oreille.

Julie crut entendre aussi. Un grondement étouffé, comme un roulement de tambour dans le lointain.

— Le tonnerre, dit-elle.

Mais pas si lointain, car il fut aussitôt suivi d'un faisceau lumineux. David acquiesça, mais il continua d'écouter.

— Reste ici un instant, dit-il. Je vais descendre un

peu plus bas. Je reviens.

Elle esquissa un sourire mais il enjambait déjà prestement le rebord de leur petite encoignure. Elle retira une mèche de cheveux de sa bouche, mit ses bras autour de ses genoux et attendit. Le tonnerre continuait de gronder et elle fit de son mieux pour ne pas y prêter attention. Puis il y eut un craquement bref, aussitôt suivi par un éclair formidable, et la pluie éclata. En quelques secondes, Julie eut les cheveux plaqués sur le crâne et la volée de sable qui s'abattit sur elle se changea vite en gadoue.

— David?

Sa voix fut couverte par un autre coup de tonnerre. Elle s'agenouilla en s'agrippant d'une main au rocher glissant derrière elle.

— David! cria-t-elle. David!

Seul le tonnerre lui répondit.

# Chapitre 3

«Pas de panique, se répétait Julie. David va revenir. Il ne peut pas se hâter sur les rochers mouillés, voilà tout.» Elle attendit donc en essayant de ne pas paniquer, malgré la tentation qu'elle en avait. Elle s'appuya contre la paroi inclinée, enfouit ses mains dans les manches de son chandail et attendit. Une minute à peine. À la moindre pause entre deux coups de tonnerre, elle se remettait à crier.

— David! David, ça va?

Toujours pas de réponse. Quand le tonnerre lui laissait un répit, une image horrible se formait dans son esprit : David inconscient et baignant dans son sang, étendu sur un rocher escarpé. Une petite voix lui disait qu'elle était ridicule. David connaissait ces rochers comme le fond de sa poche et il devait tout simplement attendre que l'orage passe. Mais elle avait beau chasser l'image de son esprit, une autre petite voix murmurait : «Alors pourquoi ne répond-il pas?»

— David! appela-t-elle en détachant les syllabes. David!

Le tonnerre lui répondit encore une fois. Elle s'apprêtait à crier de nouveau quand soudain, derrière le bruit du tonnerre décroissant, elle crut entendre une voix.

— David! C'est toi?

S'efforçant de faire abstraction du vent et de la rumeur montante d'un autre grondement de tonnerre, les muscles tendus, elle écouta dans l'espoir d'une réponse, souhaitant n'être pas le jouet de son imagination. C'était bien une voix! Atténuée par le bruit, mais une voix tout de même. Elle se remit sur ses genoux et plaça ses mains en porte-voix.

— David! Je suis toujours là! Par ici!

Comme le tonnerre atteignait un crescendo, un cri lui répondit en écho. De peine et de misère elle se releva, prête à appeler encore, lorsqu'elle fut enveloppée d'un rideau de lumière phosphorescente, et elle entendit un hurlement. Elle crut tout d'abord qu'elle avait crié et se mit une main sur la bouche, mais le son persista, mêlé à la plainte du vent. Elle n'était donc pas hystérique.

— David! Je suis là! Est-ce que ça va? David!

Rien. Rien d'autre que le vent, la pluie et le tonnerre qui reprenait. Il était blessé, c'est sûr. Et elle se mit à hurler.

— David! Tu m'entends?

S'il l'entendait, de toute évidence il ne pouvait pas répondre et Julie décida qu'elle devait agir. Il fallait descendre, retourner en ville, aller chercher de l'aide. Elle se glissa jusqu'au bord de la faille, se retourna sur elle-même et tendit une jambe en arrière, tâtant avec le pied dans l'espoir de trouver autre chose que le vide. Elle éprouva un soulagement indescriptible quand son pied toucha enfin du solide. Lentement, elle ramena l'autre jambe en s'agrippant au gravier boueux, puis elle s'extirpa doucement et se laissa glisser jusqu'à ce qu'elle puisse se mettre debout.

Après trois manoeuvres semblables, elle se trouva enfin dans un endroit où elle avait assez d'espace pour se retourner. Le dos plaqué contre un pan de roc ruisselant, elle regarda en direction d'un vaste couloir qui menait au bas du massif, dans les bosquets rabougris qui poussaient à ses pieds. Cette fois, les larmes affluèrent. Elle y était presque. Elle était presque sauvée.

Mais encore fallait-il s'occuper de David. Elle essuya ses mains boueuses, s'assit et se laissa glisser. Quelle merveille de pouvoir avancer. L'orage semblait perdre de sa vigueur. Les coups de tonnerre étaient plus épars, mais la pluie tombait toujours dru et, de toute évidence, il n'y aurait pas d'éclaircie tardive comme les autres jours. L'obscurité était là pour demeurer. Elle se dit que ce serait d'autant plus difficile de trouver David. Mais la ville devait bien avoir une équipe de secours; ce n'était sûrement pas la première fois que quelqu'un se perdait ou se blessait dans ces parages.

Elle revit l'image de David gisant inerte et accéléra sa descente, à peine consciente des cailloux qui lui lacéraient le postérieur. Elle atteignit enfin la partie de la descente où elle pouvait se redresser et marcher. Elle sauta sur la pente rocheuse peu escarpée et s'arrêta si subitement qu'elle tomba à la renverse, se cognant douloureusement le coude dans la chute.

— Julie! Tu as réussi à descendre!

David! Aucun doute, c'était lui, avec ses yeux

noirs, sa silhouette élancée et tout le reste. Comme elle, il était trempé jusqu'aux os et couvert de boue. Mais pas la moindre trace de sang. Elle éprouva un vif soulagement, aussitôt suivi par un sentiment de colère. Il tenait à la main une masse détrempée d'herbes et de brindilles. Un nid abandonné. Elle se releva péniblement, repoussa les cheveux qui lui obstruaient les yeux et se mit à le sermonner.

— Où étais-tu? Tu n'as pas entendu mes appels? Ce nid était donc assez important pour m'abandonner là-haut au beau milieu de la tempête?

— Attends, attends. Je ne t'ai pas abandonnée, du moins ce n'était pas mon intention. Je suis allé un peu plus loin que prévu, mais je m'apprêtais à te rejoindre juste comme l'orage s'est déchaîné. Ça m'a pris du temps, mais j'y suis arrivé... Et tu n'étais pas là.

Il avait ajouté la dernière phrase en la regardant d'une curieuse façon.

— Bien sûr, que j'étais là! Où est-ce que j'aurais pu être?

— C'est ce que je me suis demandé.

Julie n'arrivait pas à y croire. Pensait-il vraiment qu'elle était partie à l'aventure toute seule? En pleine tempête?

— Tu as dû te tromper d'endroit, dit-elle en essayant de maîtriser sa voix. Ou alors j'étais déjà partie quand tu es arrivé.

— Oui, je suppose. Ça doit être ça.

— De toute façon, pourquoi ne m'as-tu pas répondu? continua-t-elle d'une voix plus calme, mais toujours forte. J'ai appelé, appelé, puis j'ai cru entendre un cri.

Ses larmes affluèrent de nouveau et elle les essuya avec rage.

— J'étais folle de peur. J'ai cru que tu étais mort! Pourquoi ne m'as-tu pas répondu?

— Je ne t'ai pas entendue. Je n'ai rien entendu à part le tonnerre, dit-il calmement en marchant vers elle.

Même dans le noir, Julie pouvait voir ses yeux brillants fixés sur elle.

— Je n'ai pas crié. Es-tu bien sûre d'avoir entendu un cri? C'était peut-être le vent. C'est sûrement le vent.

— J'y ai pensé, lança Julie. Non, je ne suis pas sûre d'avoir entendu un cri. Mais je ne suis pas sûre non plus de ne pas l'avoir entendu.

Elle ferma les yeux et tenta de se rappeler. Oui, un cri, puis un hurlement. Il n'y avait pas de doute. Pourquoi David tenait-il à lui faire croire que c'était le vent? Est-ce qu'il était tombé, avait crié en proie à la panique et avait honte de l'avouer? Si c'était le cas, alors elle s'était trompée sur son compte. Il lui mit une main sur l'épaule mais elle la repoussa. Elle était soulagée qu'il soit bien portant mais elle était trop secouée pour retrouver son calme. La dernière demi-heure avait été terrifiante et l'impression de terreur ne la quittait pas. Elle regarda encore une fois le nid dégoulinant.

— Eh bien! au moins tu as accompli ta mission! Tu dois en être très fier.

— Julie! dit-il en riant malgré lui. Je l'ai simplement trouvé, juste comme j'allais te rejoindre. Allez, viens. Je sais que tu as eu peur. Moi aussi, mais c'est fini. Allons-nous-en, tu veux?

Il essuya son visage ruisselant de pluie et remonta les épaules pour se prémunir contre le vent.

— Il n'y aura pas de repas en plein air ce soir, c'est sûr. Je te raccompagne chez toi.

— Bon, tu sais ce qu'il faut dire aux peintres?

Madame Ferron s'arrêta de fouiller dans son fourre-tout et regarda Julie avec insistance.

— Tu as le numéro où nous sommes, au cas où il y aurait un problème?

— Bien sûr, fit Julie. Tu l'as laissé à côté de tous les téléphones de la maison, tu te rappelles?

— Tout ira bien, Jeanne, ne t'en fais pas, dit avec chaleur monsieur Ferron. Julie a le numéro, elle a le chien, et nous, nous avons un avion à prendre.

— Attention, lança une voix dans le haut-parleur. Les passagers du vol 473 sont priés de se diriger vers la barrière numéro quatre.

— C'est pour nous, dit monsieur Ferron.

Il embrassa Julie sur la tête et attrapa les deux sacs de voyage.

— À bientôt, ma chérie.

— Au revoir, papa. Amusez-vous bien.

— Nous t'appellerons ce soir, dit sa mère en l'embrassant. Et n'oublie pas d'appeler si...

— Je n'y manquerai pas, dit Julie en se forçant à rire. Allez, maman, faites bon voyage.

Quelques minutes plus tard, ils passaient lentement la barrière de contrôle et Julie leur envoya la main une dernière fois, puis se dirigea vers le parc de stationnement. «Ils sont sympa», se dit-elle. Ils l'exaspéraient bien parfois mais c'étaient malgré tout de bons parents.

En marchant vers la voiture, elle repensait à la soirée de la veille. Le retour s'était passé sans heurt, si l'on peut dire. Toujours sous l'effet de la peur, elle n'avait pas prononcé un mot et David avait dû comprendre que toute tentative d'alimenter la conversation était vaine. Il n'avait pratiquement pas ouvert la bouche, sauf pour lui demander quelques indications sur le chemin qui conduisait chez elle. En arrivant, elle avait pris un long bain chaud qui avait réussi à atténuer ses douleurs, mais pas à dissiper sa peur, qui avait persisté jusqu'au matin. Ses parents n'avaient pas cessé de la dévisager en se lançant des regards furtifs. Comme d'habitude, Julie avait lu leurs signaux et compris qu'ils essayaient de saisir ce qui n'allait pas.

Elle monta en voiture et démarra. C'était un jour ensoleillé, sans nuages, et seuls lui restaient de sa soirée mouvementée quelques égratignures et un coude amoché. Elle tourna le bouton de la radio et une chanson entraînante lui redonna sa bonne humeur.

Elle se sentit joyeuse tout au long des quarante kilomètres qui la séparaient de Rocaille mais sa nature inquiète reprit le dessus dès qu'elle atteignit la ville. Elle se mit à se tourmenter à propos des peintres, puis à l'idée de passer la nuit seule dans la grande maison et, plus encore, elle se tourmentait à propos de David. Elle devait reconnaître qu'elle l'avait traité durement. Après tout, il n'était pas responsable si un orage avait éclaté et si les rochers l'avaient effrayée au point que de s'y trouver prise avait été pour elle un véritable cauchemar. Bien sûr, il aurait pu essayer d'être un peu plus compréhensif. Il aurait pu admettre qu'il avait crié au lieu de prétendre que c'était le vent. Ils auraient même pu en rire plutôt que de rentrer en silence, cantonnés dans leur mauvaise humeur.

«Dire que nous avons été tellement attirés l'un vers l'autre», pensa Julie. Elle, du moins. Mais lui aussi, elle en était sûre. Elle savait bien décoder les indices et, même s'il ne l'avait pas embrassée, les signes qu'il donnait étaient très positifs. Et maintenant? Devait-elle le rayer de son esprit en se disant qu'il était bien gentil mais injuste, ou le laisser penser qu'elle était bien mauvaise joueuse, gentille mais peu intéressante?

Elle s'engagea dans l'allée, stoppa la voiture et réfléchit un moment en écoutant le tic-tac du moteur. Ce serait facile de laisser David l'oublier. Après tout, même s'ils avaient eu un penchant l'un pour l'autre, ça n'avait rien d'une grande passion. Dans quelques jours, tout serait oublié. Mais même s'il ne devait pas y avoir de suite, Julie décida qu'elle se devait de dissiper la mauvaise impression qu'elle lui avait laissée. Emportée par la colère, elle n'avait pas réfléchi à la portée de ses paroles et, avec le recul, elle trouvait qu'elle lui devait des excuses. Ensuite, on verrait bien. S'il s'excusait lui aussi, comme elle le croyait, peut-être qu'ils pourraient reprendre à zéro. Décidée à libérer sa conscience, elle se dit qu'il valait mieux passer à l'action. Elle allait trouver son numéro dans l'annuaire et l'appeler sur-le-champ.

Cannelle l'accueillit sur le pas de la porte en agitant la queue.

— Salut, Cannelle. Tu te sentais seule?

Elle déposa son sac sur la table de l'entrée et se

pencha pour caresser la chienne.

— Il n'y a plus que nous deux, maintenant. Nous avons la charge de la maison, tu sais. Alors tu dois bien te comporter. Pas de sottises, compris?

Cannelle se dandina jusque dans la cuisine où elle regarda son bol d'un air mélancolique.

— Tu es trop grosse, lui dit sévèrement Julie.

Sur ce, elle ouvrit le frigo et y prit une cuisse de poulet.

— Moi j'ai le droit, rétorqua-t-elle aux lamentations de la chienne. Je ne suis pas boulotte et je n'ai pas pris mon petit déjeuner.

Elle se laissa quand même fléchir et déposa quelques morceaux de poulet dans le bol de la chienne. Elle ouvrit ensuite l'annuaire téléphonique, trouva un Roy et transcrivit le numéro sur un bout de papier, puis réfléchit à ce qu'elle allait dire. Devait-elle prendre un ton enjoué, essayer de le faire rire, ou aller droit au but? Elle se dirigea vers le secrétaire de la salle de séjour, un magnifique bureau à cylindre en chêne qui avait appartenu à son grand-père. Julie adorait tous ses petits tiroirs et recoins. Elle fit rouler le cylindre, qui dévoila un appareil téléphonique gris ardoise étincelant muni d'un répondeur intégré. L'appareil paraissait si inusité, posé sur le bois blond poli, qu'on aurait dit un vaisseau spatial posé dans un champ de blé.

Elle remarqua qu'il y avait trois messages sur le répondeur. Elle mit l'appareil en marche et se cala dans le fauteuil. Peut-être que David avait été pris de remords et l'avait appelée?

Il y eut un déclic, puis la tonalité, et une voix embrouillée dit quelque chose à propos du onze, entre neuf et seize heures. Il y avait du bruit en arrière-plan, mais Julie crut comprendre que c'étaient les peintres qui s'annonçaient pour le surlendemain, ce qui signifie qu'elle devrait rester à la maison pour les attendre. Après une pause, il y eut une autre tonalité.

— Salut, c'est Sonia. Comment as-tu aimé la chasse au trésor? Un peu mouillée, non? À moins que David t'ait gardée au sec? Rire. Moi, je suis en pleine forme. J'espère que tu ne t'es pas noyée. Nous n'avons jamais eu autant de pluie par ici. Mais puisqu'il n'y a pas eu de repas en plein air, j'essaie de réunir tout le monde demain, au restaurant. De toute façon, je te rappellerai d'ici là. Ou tu peux m'appeler quand tu rentreras. Salut!

Julie sourit. Sonia n'était décidément pas de ces gens qui restent figés devant un répondeur. Elle n'était jamais à court de mots. Il y eut une autre pause, une autre tonalité, puis une autre voix, celle d'un garçon cette fois.

— Tu vas penser que je suis fou, Julie. Et je le suis sans doute. Fou de toi. Ne ris pas. Ce n'est pas une blague. Je te trouve formidable. Peut-être qu'un jour je pourrai te le dire face à face, mais d'ici là, je garde un oeil sur toi. Et crois-moi, c'est une vue réjouissante. À bientôt, Julie.

Elle se redressa lentement dans son fauteuil et se pencha sur l'appareil, le doigt prêt à appuyer sur le bouton de sauvegarde pour ne pas perdre le message. Qui était-ce? Y avait-il un garçon, parmi ceux qu'elle avait rencontrés la veille, qui avait une voix aussi douce, aussi suave? Ou la transformait-il? N'était-ce pas une blague, malgré ce qu'il en disait?

Elle rembobina et écouta de nouveau, bien décidée à capter la moindre fausse note qui démasquerait la voix ou dénoncerait la plaisanterie. Mais elle n'entendit que le même message tendre prononcé d'une voix douce et calme, un rien timide. Cette timidité, d'ailleurs, la rendait encore plus séduisante.

Elle écouta une troisième fois, sauvegarda le message et retourna à la cuisine pour réfléchir, tout en finissant de gruger sa cuisse de poulet. Elle en vint à la conclusion que ce n'était pas une plaisanterie. Il ne pouvait pas tout bonnement avoir choisi un nom au hasard dans l'annuaire puisqu'ils n'étaient pas encore inscrits. D'ailleurs, il l'avait appelée par son prénom. Et la voix n'était pas celle d'un gamin qui s'amuse à jouer des tours. Elle se sourit à elle-même. Donc, quelqu'un avait un oeil sur elle. C'était un peu idiot, mais assez flatteur. Après tout, c'était la première fois qu'elle recevait un pareil message. Elle avait connu plusieurs garçons auparavant, mais jamais aucun d'eux ne lui avait dit qu'il était fou d'elle.

Elle éclata de rire. Cet appel tombait pile, compte tenu du désastre de la veille. Tant pis si ce n'était qu'un jeu. Ça pouvait se révéler amusant.

Cannelle arriva sans se presser, dans l'espoir d'obtenir une autre bouchée.

— Tu sais quoi, Cannelle? fit Julie en riant. J'ai un admirateur secret!

# Chapitre 4

Lorsque la sonnerie du téléphone la réveilla le lendemain matin, Julie sauta du lit et s'élança vers la chambre de ses parents. Serait-ce son admirateur secret? Elle avait passé la journée de la veille à espérer son appel, mais il ne s'était pas manifesté et elle était allée se coucher un peu déçue.

À bout de souffle, elle attrapa le récepteur et s'effondra sur le lit de ses parents. C'était son père.

— Bonjour, ma chérie. Il est dix heures trente, tu sais, ajouta-t-il avec un petit rire en l'entendant étouffer un bâillement. Qu'as-tu fait? Tu as passé une nuit blanche avec les lumières allumées?

— Quelque chose du genre, répondit Julie, sans préciser combien de lampes étaient restées allumées. Vous avez fait bon voyage?

— Oui. Et toi, comment ça va?

— Tout va bien, affirma Julie. Dis à maman que les peintres ont appelé. Ils viennent demain, alors souhaite-moi bonne chance.

— Contente-toi de leur dire ce que nous voulons et de leur demander un prix. Surtout ne discute pas, ce sont les seuls peintres à des kilomètres à la ronde.

— T'en fais pas, je saurai me débrouiller.

— J'en suis sûr. Alors, est-ce que la chienne gagne sa pitance? Elle garde bien la maison?

— Donne-lui une chance, papa. Après tout, c'est vous qui me l'avez offerte, rappelle-toi. Alors, combien de temps comptez-vous rester?

— Deux jours tout au plus. Nous te ferons savoir quand venir nous chercher. D'ici là, prends soin de toi, ma chérie.

— J'y veillerai, papa. Au revoir.

Elle raccrocha et alla prendre une douche. Elle finissait à peine d'enfiler un short et un t-shirt quand on sonna à la porte. Elle passa en vitesse un peigne dans ses cheveux mouillés, dévala l'escalier et trouva Sonia sous le porche.

— Entre, dit Julie. J'allais justement me faire quelque chose à manger. J'ai essayé de te rappeler, hier, mais tu n'étais pas là.

— Je sais. J'ai dû faire un million de courses pour ma mère.

En passant devant la salle de séjour pour se rendre à la cuisine, Sonia s'esclaffa.

— Eh! Quelle vue! On se croirait en pleine nature.

— Ne m'y fais pas penser, rétorqua Julie pendant qu'elle glissait deux galettes aux bleuets dans le grille-pain. Je ne suis pas encore habituée à l'isolement de cette maison et, la nuit, tous les bruits insolites m'empêchent de dormir. Et c'est pire depuis que mes parents sont partis.

— Oui, ça se voit aux cernes sous tes yeux. J'aurais plutôt cru que c'était David qui t'avait tenue éveillée, pas les bruits nocturnes.

Julie sourit sans répondre. Elle ne voulait pas parler de David pour l'instant.

— Tu veux du café?

— Tu veux rire? Je suis assez énervée comme ça. Si je bois du café, je parlerai sans arrêt et je ne saurai jamais comment ç'a été entre toi et David.

«Décidément, elle insiste», se dit Julie en haussant les épaules, toujours réticente. Elle voulait d'abord éclaircir les choses avec David. Elle fut sauvée par l'arrivée de Cannelle, qui venait voir la visite. Sonia se pâma sur la chienne, qui se trémoussa et frétilla de bonheur devant tant d'attention.

Elles allaient attaquer leur petit déjeuner quand le téléphone sonna. Julie se précipita mais ce n'était pas son admirateur.

— Major ici, fit une voix caverneuse. Je voudrais parler à madame Ferron, s'il vous plaît.

— Elle n'est pas ici. Vous êtes le peintre?

— C'est ça. Et vous, qui êtes-vous?

— Julie Ferron, sa fille. Venez-vous toujours demain?

— Ben, oui, j'appelais justement pour confirmer.

— C'est très bien, je serai là.

— Pas vos parents?

— Mes parents sont à l'extérieur de la ville. Ils m'ont demandé de vous montrer le travail à faire.

— Alors, vous êtes seule, hein? glousssa-t-il. Comme une grande fille.

Julie fronça les sourcils et regarda le récepteur. Ce gars était-il sérieux?

— Donc vous venez demain? demanda-t-elle calmement.

— Pour sûr, gloussa-t-il encore. À demain, mademoiselle Ferron.

L'air renfrogné, Julie raccrocha et rapporta à Sonia les propos du bonhomme.

— J'avais bien besoin de ça! Un peintre qui se prend pour un don Juan!

— Mais pourquoi lui avoir dit que tes parents étaient absents? Tu ne sais pas encore qu'il ne faut pas dire aux gens que tu es seule?

— Allons donc! Je suis sûre qu'il est inoffensif, dit Julie en riant, sans être tout à fait rassurée.

Ce n'était pas malin d'avoir dit qu'elle était seule, c'est vrai, mais elle aurait préféré que Sonia ne passe pas de remarque. D'ailleurs, c'est elle qui avait diffusé la nouvelle à toute la bande de la chasse au trésor.

— Oublions ça, fit Sonia avec désinvolture. Revenons plutôt à David. Il te plaît? Tu lui plais?

— Bien sûr. Enfin, je crois. C'est trop tôt pour le dire. Mais oublie David une minute. Je crois que je lui plais, mais il y a quelqu'un d'autre à qui je suis sûre de plaire. Viens, fit Julie en entraînant Sonia dans la salle de séjour, où elle mit le répondeur en marche. Écoute et dis-moi ce que tu en penses.

Julie surveillait Sonia. Elle vit ses yeux s'agrandir d'étonnement, puis rétrécir en signe de réflexion, et sa bouche se retrousser en un joyeux sourire.

— Eh bien? demanda Julie lorsque le message fut terminé. Tu sais qui c'est? Moi je n'en ai pas la moindre idée.

— Quelqu'un avec une voix très sexy, dit Sonia d'un air rêveur.

— Ça je le sais bien, mais qui?

— Je ne vois pas. Il est très habile à déguiser sa voix. David, je suppose. Bien que ce ne soit pas son genre. Du moins, je ne le crois pas. Et à ton air, ajouta-t-elle avec un curieux sourire, je devine que tu ne le crois pas non plus. Que s'est-il passé entre vous, dis-moi? Tu essaies d'éviter le sujet.

— Oh! nous avons eu une querelle, dit Julie, toujours réticente à faire un récit détaillé. C'était stupide. Mais comme il doit me trouver insupportable, je doute qu'il me laisserait un tel message.

Sonia acquiesça, comme si elle comprenait, et c'est Julie, cette fois, qui eut un curieux sourire.

— Je voudrais te demander quelque chose, dit-elle. Tu as l'air de trouver David merveilleux et tu ne m'as pas dit que tu avais un ami. Alors je me demandais...

— Si j'ai un penchant pour David? termina Sonia à sa place.

— Au risque de paraître curieuse, oui, avoua Julie.

Un nuage passa dans les yeux bruns de Sonia, puis elle éclata de rire.

— Bien, j'ai eu un faible. Mais il est... je suis... oh, je ne sais pas, c'est difficile à dire, soupira-t-elle. Il est très calme et réfléchit beaucoup. Moi, comme tu as dû le constater, je suis plutôt bavarde.

Julie ne pouvait la contredire là-dessus, mais elle préféra se taire.

— Je pense que ça l'ennuie, continua Sonia. Les quelques fois où nous sommes sortis ensemble, je crois bien l'avoir exaspéré. Je pensais que les contraires s'attiraient, mais je suppose que ça ne marche pas à tout coup. De toute façon, fit-elle avec un soupir et un geste bref, tout ça est de l'histoire ancienne. Essayons plutôt de découvrir qui est fou de toi.

Julie n'était pas convaincue que ce soit vraiment de l'histoire ancienne, mais elle ne voulut pas se montrer plus indiscrète.

— D'accord, fit-elle. Disons pour l'instant que ce n'est pas David. Qui d'autre, alors? Carl? Ou ce gars que tu dis si brillant?

— Denis. Je ne sais pas. Il n'est pas le genre non plus. C'est possible qu'il te trouve formidable mais, si c'était le cas, il t'enverrait sans doute une lettre tout droit sortie de son imprimante pour te le faire savoir.

Elle se pencha pour caresser Cannelle, qui les avait suivies dans la salle de séjour.

— Peut-être Carl. Mais d'habitude il ne prend pas de détour pour dire ce qu'il pense; il n'est pas très subtil. Diane en sait quelque chose. Il faut dire que ce n'est pas une perle non plus, tu t'en doutes. D'ailleurs, si tu t'intéresses à David, tu fais mieux de te hâter sans quoi elle va te le prendre.

— Elle s'intéresse à lui? demanda Julie.

— Elle s'intéresse aux garçons, un point c'est tout. Du moins pour un temps, puis elle les laisse tomber.

Ses yeux se rembrunirent et son visage perdit sa mine radieuse, comme si la pensée de Diane assombrissait son paysage intérieur. Mais le nuage passa rapidement.

— Revenons à toi et à ton mystérieux interlocuteur.

Julie était toujours songeuse. David s'intéressait-il à Diane?

— Oublie ça, dit-elle à Sonia. Ça ne peut être qu'une blague. S'il est vraiment sérieux, il va rappeler. Il ne me reste qu'à attendre et voir ce qui se passera.

— Attends si tu veux, mais moi, fit Sonia en retournant à la cuisine, je vais essayer de trouver de qui il s'agit. Et cet après-midi, c'est le moment tout indiqué. Tout le monde sera là.

— Sera où?

— Oh! c'est vrai, on n'en a pas reparlé. On se retrouve tous au restaurant vers quinze heures, puisque le repas en plein air est tombé à l'eau. Je n'ai pas réussi à parler à Diane mais je suppose qu'on lui aura passé le mot. Elle ne rate pas une sortie, même si elle prétend que c'est stupide. Je n'en reviens pas encore de son attitude. Tu dois la détester. Enfin! Tu viendras?

— Bien sûr, dit Julie en la raccompagnant jusqu'à la porte. Mais tu ne vas pas te mettre à poser des questions à propos de l'appel, n'est-ce pas? Je ne veux pas que tout le monde soit au courant.

— Tu m'insultes, répondit Sonia en prenant un air offensé. Je parle beaucoup, mais je sais garder un secret. Fais-moi confiance, Julie.

Dans l'après-midi, Julie se prépara pour aller en ville. Elle garda son short blanc et enfila un débardeur bleu royal, puisque c'était la couleur préférée de David. Puis elle changea d'idée et fouilla dans son tiroir pour trouver autre chose. S'il devait y avoir quelque chose entre eux, ce serait sur des bases plus solides que sa couleur préférée. Elle enfila donc un haut jaune, descendit l'escalier et remplit le bol de Cannelle, qui aurait ainsi de quoi occuper sa solitude pendant quelques minutes. La chienne aimait se promener en voiture et faisait toute une histoire chaque fois qu'on la laissait derrière. Julie se hâta donc de sortir subrepticement.

Tout en conduisant, elle pensait aux personnes qui seraient là. «Tout le monde», avait dit Sonia; ce qui voulait dire aussi Diane. Julie espéra qu'elle soit de meilleure humeur. Elle se demanda si Diane était aussi calculatrice que Sonia le prétendait ou si celle-ci n'était pas seulement jalouse. Sans doute y avait-il un peu des deux. Peut-être, après tout, que les commérages de Sonia n'étaient pas aussi inoffensifs qu'ils en avaient l'air. Julie décida qu'il valait mieux se faire sa propre opinion.

Le décor du restaurant était aussi démodé que le reste de la ville, mais les fauteuils de cuir rouge semblaient confortables et l'odeur qui provenait des cuisines était alléchante. Julie aperçut le groupe à l'arrière. David était déjà arrivé, ainsi que Sonia, Denis et Karine. Carl n'était pas encore là, ni Diane. Julie en éprouva un certain soulagement. Sonia l'aperçut et lui envoya la main. Elle tira une chaise entre elle et David et l'invita à s'asseoir.

— Tu arrives juste à temps, fit-elle.

— Juste à temps pour quoi?

— Sonia nous a entraînés dans un jeu stupide, fit Karine avec un air exaspéré. On ferme les yeux, quelqu'un parle en changeant sa voix et les autres essaient de deviner de qui il s'agit.

Julie lança un coup d'oeil à Sonia, qui fit mine de ne pas remarquer.

— Au contraire, lança Sonia, c'est un jeu très amusant qui m'apprend beaucoup.

— À quel propos? demanda David, qui avait jeté

un coup d'oeil à Julie quand elle s'était assise, sans paraître particulièrement enchanté de la voir.

— À propos de notre piètre qualité d'acteurs, répondit Sonia. Nous avons essayé d'imiter des voix ennuyeuses, fit-elle à l'intention de Julie et ça n'a trompé personne. Alors essayons... une voix désagréable. Vous savez, la voix qui porte à déprimer.

Sans doute proposerait-elle ensuite la voix timide et sensuelle, se dit Julie. Karine avait raison, c'était stupide. Si l'un des garçons présents était l'auteur de l'appel anonyme, il ne tomberait pas si bêtement dans le panneau.

— Je ne suis pas sûr de réussir cela, Sonia, lança Denis. Ce n'est pas mon fort de déprimer les gens.

Malgré elle, Julie l'écouta attentivement. Il avait parlé sans sourciller mais une étincelle brillait dans ses yeux bleus moqueurs. Pourrait-il être son admirateur secret? Il avait la voix douce, bien qu'un peu frêle et pointue.

— Laisse tomber, Sonia, fit David. Je ne sais pas pourquoi tu tiens tant à ce jeu ridicule.

— D'accord, d'accord, je sais quand m'arrêter. De toute façon, la voix la plus désagréable n'est pas encore arrivée.

Julie était sûre qu'elle faisait allusion à Diane. Elle ne put voir la réaction de David mais vit que Denis fixait la table d'un air embarrassé. Sonia, elle, ne l'était pas du tout et, avec un sourire radieux, elle demanda à Julie :

— Alors, comment as-tu trouvé la chasse au trésor?

— J'ai beaucoup aimé, c'était très amusant, répondit-elle timidement en lançant un coup d'oeil à

David.

— Ah! mais c'est vrai, l'interrompit Karine, toi et David étiez ensemble, n'est-ce pas?

— Ils l'étaient au début, fit Sonia avec un large sourire, mais on ne connaît pas la suite.

Julie rougit mais David se contenta de sourire.

— La suite est tombée à l'eau, n'est-ce pas, Julie?

— En effet, répondit Julie, sans trop savoir s'il faisait un jeu de mots. J'ai bien peur de n'être pas douée pour l'escalade, même par beau temps.

— Veux-tu dire que vous étiez sur les rochers quand l'orage a éclaté? demanda Sonia.

— Plusieurs d'entre nous y étaient, rappela Denis.

— Évidemment, fit Sonia. Il y a toujours au moins une chose qu'il faut aller chercher là-bas. Carl a insisté pour que nous allions y trouver un nid d'oiseau, mais nous n'y sommes pas allés pendant l'orage.

— Je suis sûr que Julie et David n'ont pas planifié d'y aller pendant l'orage, lui dit Denis. Pas vrai, Julie?

— Pourquoi ne laisses-tu pas tomber, Denis? dit soudain David. Nous nous sommes fait prendre par la pluie et nous ne l'avions pas prévu. D'accord?

— Oui, tu les embarrasses, enchaîna Sonia. Après tout, David est le meilleur grimpeur de la bande et ce n'est pas flatteur pour lui de s'être laissé prendre par l'orage.

— Tu as raison, fit Denis en se renversant sur sa chaise avec un sourire. J'étais seulement curieux, mais je n'insisterai plus. Je ne voulais embarrasser personne.

Il y eut un bref silence que Karine rompit :

— Et toi, Denis? Où étais-tu quand le ciel s'est déchaîné?

La serveuse arriva pour prendre leur commande avant qu'il ait le temps de répondre. Julie regarda à la dérobée David, se demandant pourquoi il avait rembarré Denis. Y avait-il une rivalité entre eux? David était-il jaloux parce que Denis avait commencé la chasse avec Diane? Elle se dit qu'elle le connaissait bien mal.

Quand ils eurent commandé, la tension s'était dissipée et la conversation continua à bâtons rompus. Julie se demandait toujours si elle devait s'excuser auprès de David. Il semblait très susceptible à propos de la soirée; peut-être valait-il mieux laisser les choses où elles en étaient.

Pendant que tout le monde bavardait, Julie vit arriver Carl. C'était un garçon costaud à la figure ronde et à la démarche assurée. Mais il n'avait pas l'air assuré en ce moment et l'émotion se lisait sur son visage. Sonia l'aperçut aussi et lui envoya la main mais elle s'arrêta dans son geste.

— Ça n'a pas l'air d'aller, dit-elle. Il a dû arriver quelque chose de grave.

— Ne sois donc pas si dramatique, Sonia, intervint Karine en se tournant vers Carl, qui se dirigea vers eux d'un pas incertain et s'agrippa au dossier de la chaise de Denis.

— Diane, dit-il d'une voix brisée. Avez-vous entendu parler de Diane?

— Viens t'asseoir, l'invita Denis en lui tirant une chaise.

Carl s'y laissa tomber et se mit la tête dans les mains.

— Ils l'ont trouvée hier, dit-il. Elle est dans le coma.

— Qu'est-il arrivé? demanda Sonia dans un souffle.

Carl leva la tête et Julie vit que ses yeux verts étaient injectés de sang.

— Des grimpeurs l'ont trouvée sur les rochers, inconsciente et la tête toute... sa voix se brisa. Elle a fait une chute.

Personne ne dit mot, Julie encore moins. Son cauchemar reprenait forme. L'atmosphère amicale et confortable du restaurant s'effaça et elle se revit sur le massif, au milieu du tonnerre et des éclairs. Elle se revit appelant David, puis se rappela le hurlement qu'elle avait cru entendre. Elle revint à la réalité dans un sursaut.

— Je ne peux pas le croire! disait Karine. Je dois être la dernière à l'avoir vue. Tu te rappelles, Denis? Nous étions avec toi puis tu es parti à la recherche d'une cithare. Diane, qui était d'une humeur massacrante, a dit qu'elle rentrait.

— Elle a dû changer d'idée, avança Carl. Quand était-ce, Karine?

— Je ne sais pas. Environ une demi-heure avant l'orage.

— Elle a bien dû crier en tombant, fit Denis en jetant un regard vers David. C'est curieux que personne ne l'ait entendue.

— Je pense... fit Julie en s'éclaircissant la voix, je pense que je l'ai entendue.

Elle avait parlé d'une voix faible, mais tout le monde la regarda comme si elle avait poussé un cri. David ne parut évidemment pas surpris, mais elle remarqua que ses yeux avaient rétréci et qu'ils étaient rivés sur elle. Carl se pencha en avant, tendu.

— Que veux-tu dire?

— Bien... peut-être que je me trompe. Je veux dire que je... David et moi avons été surpris là-haut dans la tempête et...

— D'accord, fit Carl, impatient. Dis-nous seulement ce que tu as entendu.

Julie ferma les yeux pour se concentrer.

— J'ai crié pour appeler David et alors...

— Je croyais que vous étiez ensemble, l'interrompit Sonia.

— Nous avons été séparés quelques minutes, expliqua David.

— On s'en fout, dit Carl. Alors, Julie, qu'as-tu entendu?

— Il y a eu un gros coup de tonnerre, continua Julie en fermant les yeux, mais juste avant, j'ai entendu quelqu'un crier.

— Crier quoi? demanda Carl.

Julie ouvrit les yeux.

— Je ne sais pas... fit-elle en secouant la tête d'impuissance. Je n'arrive pas à me rappeler.

Assis en face d'elle, Carl était penché sur la table, ses grosses mains la touchant presque.

— Allez, la pressa-t-il. Réfléchis, c'est important.

— J'essaie, dit Julie en reculant, effrayée par son regard.

— Essaie plus fort! dit-il en serrant le poing, les yeux étincelants de colère. Comment peux-tu oublier une chose pareille? Fais un effort, tu dois te rappeler!

— Carl... fit doucement Sonia.

— Quoi? Tu crois que ça n'a pas d'importance? C'est peut-être la dernière qui a entendu Diane viv...

Il s'arrêta avant de prononcer le mot, puis frappa violemment la table de sa main ouverte.

— Calme-toi, Carl, fit Denis posément, ses yeux bleus empreints de sympathie. Julie a dit qu'elle était là-haut en plein coeur de l'orage. Tu as dû entendre, toi aussi, c'était pire que dans une salle de quilles. Tu ne penses pas qu'il est possible, même probable, qu'elle n'ait rien entendu? Que le vent et le tonnerre lui aient joué des tours?

— C'est aussi ce que David a pensé, ajouta Julie.

David acquiesça, les yeux toujours rivés sur elle. Mais elle savait qu'elle avait bel et bien entendu quelqu'un crier. Pour l'instant, elle n'avait pas envie d'en parler davantage. Carl était très agité et elle se rappela ce que Sonia lui avait raconté à propos de sa rupture avec Diane. Peut-être qu'il se sentait coupable, que dans sa colère il lui avait souhaité malheur, et voilà que le malheur était arrivé.

— Oui. Je suppose que c'est ça, fit Carl, qui s'inclina en arrière et passa une main sur son visage.

Julie savait qu'elle finirait par se rappeler mais elle garda cette pensée pour elle, afin de ne pas aviver la colère de Carl. Elle sourit à Denis avec gratitude. Il avait calmé Carl et détourné l'attention qui pesait sur elle, et elle voulait lui exprimer sa reconnaissance, même s'il avait tort de croire qu'elle avait été dupe de son imagination. Il lui rendit son sourire et lui décocha un clin d'oeil qui la surprit. Ce n'était pas qu'une oeillade amicale. Décidément, elle s'était trompée à son sujet. Quelqu'un capable de lancer un clin d'oeil aussi insistant et séducteur n'avait pas besoin d'un répondeur pour passer son message. Un peu éberluée, elle détourna le regard. Les autres parlaient de Diane et personne ne semblait avoir remarqué le petit manège de Denis, ce dont elle fut soulagée. Le moment était mal choisi pour faire des avances et, d'ailleurs, il ne l'intéressait pas, même s'il semblait plutôt gentil.

Elle regarda encore une fois David, qui était terriblement calme. Elle ne songeait pas à le blâmer. Sans doute était-il inquiet pour Diane. Mais si c'est à Diane qu'il pensait, pourquoi gardait-il les yeux rivés sur elle comme un chat qui guette une souris?

# Chapitre 5

Vers seize heures, tout le monde à l'exception de Julie était sur son départ. Personne ne semblait avoir envie de s'attarder; malgré quelques tentatives de diversion, la conversation revenait toujours à Diane, jusqu'à ce qu'il n'y ait plus rien à dire. Elle était dans le coma, on ne pouvait rien faire d'autre qu'attendre.

Julie allait partir aussi, mais elle se ravisa. Elle n'avait rien mangé et, comme il n'y avait pas grand-chose à la maison, elle décida de commander un hamburger. Elle voulait toutefois attendre que les autres soient partis car elle se sentait un peu coupable d'avoir faim, alors qu'ils avaient mangé du bout des lèvres.

David partit le premier, puis les autres suivirent. Elle commençait tout juste à se détendre lorsqu'elle vit revenir Denis. Elle eut peur qu'il vienne la relancer, mais il la regarda à peine.

— Je crois que j'ai oublié mes clefs, dit-il en regardant sous la table. Quand il se releva, il tâta ses poches et Julie entendit un cliquetis.

— On dirait que j'entends des clefs, dit-elle.

Il retira une poignée de monnaie de sa poche,

qu'il lui montra.

— Je crois que tu as mal entendu, fit-il.

— Ça va, rétorqua-t-elle en haussant les épaules avec un sourire. J'ai compris.

— Qu'est-ce que tu as compris?

— Que j'ai mal entendu sur les rochers aussi.

— Et qu'est-ce que tu en penses? demanda-t-il en relevant les sourcils.

Julie se contenta de hausser les épaules encore une fois.

— Je n'ai rien à prouver, dit-elle.

— Moi non plus, fit-il en remettant sa monnaie dans sa poche. Je crois seulement que ton imagination a pu te jouer des tours. Tu as pu croire entendre une chose, alors que c'en était une autre.

Et sur ce il fouilla dans son autre poche et en sortit ses clefs, qu'il contempla avec un sourire.

— Je crois que je ne les ai pas oubliées, après tout. Salut, Julie.

Quel excentrique! se dit-elle en le regardant s'éloigner. Peut-être que son génie expliquait son comportement.

Elle commanda son hamburger et à peine l'avait-elle entamé qu'une ombre traversa la table. La bouche pleine, elle releva la tête et aperçut les yeux noirs de David. Elle avala tout rond et s'essuya la bouche.

— Salut. Je te croyais parti.

— Je suis revenu, dit-il un peu essoufflé, en tirant une chaise. J'ai vu que tu étais toujours ici alors j'ai eu envie de parler.

Julie hocha la tête et attendit qu'il s'exécute. Comme il ne disait rien, elle reprit son hamburger.

— Je n'y peux rien, fit-elle. Je suis affamée.

— Tu n'as pas à te justifier. Il y a des personnes qui mangent quand elles sont ennuyées.

— Je sais, mais je ne suis pas de celles-là. Je mange seulement quand j'ai faim. Ce qui ne veut pas dire que je ne sois pas ennuyée, par contre.

David posa les coudes sur la table et appuya son menton dans ses mains en la dévisageant.

— À vrai dire, je me sens coupable, continua-t-elle. Nous étions là-haut quand Diane est tombée et j'ai même entendu son cri. À ce moment-là, évidemment, j'étais surtout préoccupée par ma propre situation mais, ce qui me tracasse, c'est ce qui s'est passé après, quand je t'ai retrouvé.

— Qu'est-ce que tu veux dire?

— Bien, si au lieu de me disputer avec toi — ce dont je voulais m'excuser, d'ailleurs — bref, si je m'étais accrochée à l'idée qu'il y avait quelqu'un là-haut, peut-être qu'on aurait trouvé Diane plus rapidement. Elle aurait quand même été blessée, mais au moins...

Elle s'interrompit. David ne l'avait pas quittée des yeux et elle commençait à se sentir mal à l'aise.

— Tu te sens coupable? fit-il.

Elle acquiesça, même si le mot ne lui plaisait pas.

— Donc tu ne crois pas que Denis avait raison? Tu ne penses pas avoir imaginé ce cri?

Essayait-il de la déculpabiliser? Quoi qu'il en soit, elle décida de le prendre ainsi.

— Je suppose que je n'en serai jamais absolument certaine, avança-t-elle prudemment.

— Peut-être.

David se pencha en arrière, croisa les bras sur sa poitrine et esquissa un sourire. Julie était contente qu'il soit venu, mais elle ne savait plus trop quoi dire. L'heure n'était pas aux bavardages anodins et, d'ailleurs, c'est lui qui avait eu envie de parler. Elle décida de se taire pour lui donner une chance. Un autre petit sourire éclaira son visage et il demanda :

— Que penses-tu de Diane?

— Je ne la connais pas. Je ne l'ai rencontrée qu'une seule fois, avant la chasse au trésor. Elle n'a pas été particulièrement amicale, alors je peux difficilement dire que je l'ai trouvée sympathique. Mais comme tu l'as dit, quelque chose la préoccupait.

— Oui, admit-il en fronçant les sourcils. Et tu ne lui as pas parlé ensuite, pendant la chasse?

— Tu sais très bien que non, répondit-elle en se demandant où il voulait en venir. Nous sommes restés ensemble tout le temps.

Cette fois il ne sourit pas; il lui lança seulement un regard qu'elle n'arrivait pas à décoder et elle eut soudain envie qu'il s'en aille. Il était tendu et préoccupé, et son humeur la rendait nerveuse. Comme s'il lisait dans ses pensées, il repoussa sa chaise et se leva.

— Je ne suis pas de bonne compagnie, dit-il. Je te verrai une autre fois, Julie.

Il sortit en hâte, comme s'il avait un urgent rendez-vous. Julie regarda les restes dans son assiette et soupira. Pourquoi avait-il agi si étrangement? Était-il simplement inquiet à propos de Diane? Ou croyait-il secrètement qu'elle avait effectivement entendu ce cri? Était-il d'avis lui aussi qu'elle avait perdu du temps à le sermonner, alors qu'ils auraient pu aider Diane? Pourquoi lui avait-il demandé ce qu'elle pensait d'elle? Pouvait-il sérieusement croire qu'elle se réjouissait de son malheur? Si c'était le cas, il la connaissait bien mal. Mais elle dut admettre qu'elle ne le connaissait pas très bien non plus.

Après ces instants de réflexion, elle paya et décida de rentrer à la maison. En s'engageant dans l'allée, elle regretta amèrement de n'être pas partie avec ses parents. Qu'était-ce, après tout, que de faire une petite valise? Et qu'y avait-il de si urgent pour les peintres? Ils pouvaient très bien s'accommoder encore quelque temps d'une salle de séjour rose saumon. Elle sortit de la voiture et frappa du pied quelques cailloux. En maugréant elle monta lentement les marches du porche dallé, la tête enfoncée dans les épaules. Elle ne remarqua pas le panier de fleurs qui lui effleura les cheveux. Il était suspendu à l'un des crochets de fer forgé qui ornaient les montants du porche. Intriguée, elle l'examina; il débordait d'un extraordinaire assortiment de fleurs sauvages comme il s'en trouvait dans les prés avoisinants. C'était le plus beau bouquet qu'elle ait jamais vu. Elle se hissa sur la pointe des pieds et fouilla parmi les fleurs pour y trouver une carte, mais en vain. Comme il n'y avait pas non plus de pot, certaines commençaient déjà à se faner. Intriguée, elle déverrouilla la porte en songeant que si elle était arrivée plus tard, elle aurait trouvé un bouquet de fleurs mortes qui l'attendait.

— Eh! Cannelle! fit-elle en se penchant pour caresser la chienne venue l'accueillir. As-tu vu qui a apporté ces fleurs? As-tu aboyé très fort, ou es-tu allée te cacher?

Agitant sa queue en petits cercles, Cannelle la

précéda dans la cuisine. Julie déposa de la nourriture sèche dans son bol et se dirigea vers la salle de séjour en faisant voler ses sandales au passage. Le voyant du répondeur clignotait. Elle appuya sur le bouton.

— Salut, Julie. C'est encore moi, disait la même voix douce et sensuelle. Tu as aimé mes fleurs? En les voyant je n'ai pas pu résister à l'envie de les cueillir et je me suis dit que je te cueillerais bien volontiers toi aussi.

Il eut un petit rire puis, après une pause, il ajouta d'un ton pressé :

— Je dois te quitter, maintenant. À bientôt, Julie.

Elle l'avait presque oublié. La froideur de David et les affreuses nouvelles à propos de Diane, de même que son propre sentiment de culpabilité, avaient estompé le souvenir de son admirateur secret.

Son front s'était déridé en entendant la voix et, avec le sourire, elle se précipita à l'entrée pour aller chercher les fleurs. Elle fouilla dans les cartons d'emballage alignés contre le mur de la cuisine et en sortit un long vase en verre taillé, qu'elle remplit d'eau fraîche. Les fleurs ne dureraient pas longtemps mais peut-être que dans l'eau elles réussiraient à passer la nuit. Elle alla poser le vase sur le manteau de la cheminée et recula d'un pas pour juger de l'effet, qu'elle trouva fort séduisant. Voilà une journée gâchée qui s'achevait bien. C'était la deuxième fois que son soupirant appelait juste comme son moral était au plus bas. Était-il fin psychologue ou n'était-ce que le fait du hasard? Julie tournoya et se laissa tomber sur le canapé, toujours souriante. Puis elle se releva aussitôt et réécouta le message dans l'espoir d'y trouver un indice qui lui révélerait l'identité du mystérieux personnage. Ça ne pouvait pas être David, ni Denis. Ni Carl non plus. David s'était montré si distant et Denis n'était pas le timide informaticien qu'elle croyait. Quiconque pouvait lancer un clin d'oeil aussi suggestif ne se soucierait pas de faire des appels anonymes. Quant à Carl, il ne pouvait quand même pas passer d'une colère qui l'avait presque amené à la frapper pour ensuite la comparer à une gerbe de fleurs sauvages.

Non, ça devait être quelqu'un d'autre. Il fallait qu'elle demande à Sonia. Ou peut-être aurait-elle la chance de le demander à son admirateur secret lui-même? Comme elle devait rester à la maison toute la journée du lendemain pour attendre les peintres, s'il appelait elle serait prête à lui poser toutes les questions qu'il fallait pour le démasquer.

Elle s'étira et s'extirpa doucement des moelleux coussins du canapé, se sentant calme et apaisée pour la première fois depuis qu'elle avait entendu parler de Diane. Un admirateur était une cure idéale pour des nerfs en boule.

Tout comme une douche, d'ailleurs. Elle alla s'assurer que la porte était verrouillée et monta à l'étage, se déshabilla et, en fredonnant, se laissa revigorer par le jet d'eau bienfaisant. Quand elle eut terminé, le ciel s'assombrissait enfin. Elle laissa les lumières allumées dans sa chambre pendant qu'elle se séchait et s'habillait, toujours un peu mal à l'aise de l'absence de rideaux aux fenêtres. Mais elle se dit que pas un curieux ne choisirait précisément cette maison pour venir épier aux fenêtres.

Enveloppée d'une petite robe de ratine blanche,

elle descendit voir ce qu'il y avait à la télévision. Elle tournait le sélecteur quand le téléphone sonna. Deux fois le même jour? Ce serait trop beau.

— Salut, Julie, fit la voix lasse de Sonia.

— Bonsoir, fit-elle, pas trop déçue tout de même.

— J'arrive tout juste de l'hôpital, soupira Sonia. Nous étions quelques-uns, mais ils ne nous ont pas permis de la voir.

Julie alla se blottir sur le canapé à côté de Cannelle.

— Si je comprends bien, il n'y a pas de changement.

— Non, rien, soupira encore Sonia. Dis donc, j'ai cru que Carl allait défoncer un mur, cet après-midi. Ç'aurait été mieux que de te défoncer le crâne, en tout cas, ajouta-t-elle avec un petit rire. A-t-il appelé pour s'excuser?

— Non. A-t-il dit qu'il le ferait?

— Pas vraiment, mais nous l'avons fortement encouragé à le faire. Il s'est conduit comme une brute. Tu dois penser qu'il est complètement cinglé.

— J'y ai vaguement pensé, admit Julie, mais je suppose qu'il était très ébranlé.

— Et je parierais qu'il se sentait coupable, ajouta Sonia. Il en veut à Diane depuis qu'elle a rompu avec lui et voilà que tout à coup quelque chose de terrible lui arrive.

— C'est aussi ce que j'ai cru. Je suis soulagée qu'il se soit calmé.

— Oui, tu as raison. Mais je t'appelais pour savoir si tu avais reçu d'autres appels anonymes sensuels, dit-elle en riant. Mon jeu des voix n'a pas donné grand-chose.

Julie leva les yeux au ciel. Ce n'était pas très subtil non plus. Elle s'apprêtait à lui parler du second appel quand elle vit que Cannelle dressait la tête en reniflant. La chienne sauta en bas du canapé et s'élança vers la porte d'en avant.

— Écoute, dit-elle à Sonia. Mes parents ne sont toujours pas rentrés et j'aime bien ma chienne mais elle n'est pas très causante. Pourquoi ne viens-tu pas? Nous pourrions... je ne sais pas, faire sauter du maïs et bavarder. Et regarder la télévision.

Sonia était parfois casse-pieds, mais Julie avait envie de compagnie et elle n'avait personne d'autre à appeler.

— Je ne peux pas, dit-elle. L'un de nos chevaux a le rhume et le vétérinaire doit venir lui faire une piqûre. Je n'ai pas d'idée à quelle heure il viendra.

— Ton vétérinaire fait des visites à domicile?

— Oui. Le docteur Caron est formidable. C'est le genre d'homme qui recueille les animaux errants et tente de leur trouver un foyer. Tu vas sans doute le rencontrer, si tu dois faire faire ses piqûres à Cannelle. Oh! il faut que je te laisse. Ma mère a besoin du téléphone. Au revoir et ne t'en fais pas, le peintre pervers ne vient que demain.

«Merci de me le rappeler», se dit Julie en raccrochant. Peut-être après tout qu'elle était mieux toute seule. Elle alla à la cuisine avec l'idée d'y faire sauter du maïs et vit que Cannelle faisait les cent pas devant la porte.

«Un besoin naturel», pensa Julie. Elle prit la laisse sur le portemanteau et la fixa au collier de la chienne. Tant que Cannelle ne connaîtrait pas les environs, Julie ne voulait pas la laisser sortir seule, de peur qu'elle s'éloigne de la maison et soit incapable de retrouver son chemin, ou qu'elle fasse une mauvaise rencontre avec un raton laveur.

Elle ouvrit la porte et eut le souffle coupé en apercevant Carl sur le perron. Ses yeux verts étaient toujours injectés de sang et un relent de bière laissait deviner qu'il avait bu.

— Je suis venu... m'excuser, Julie, dit-il d'une voix pâteuse. Je ne voulais pas te bousculer au restaurant.

Julie ravala sa salive et fit un pas en avant en entraînant la chienne. Elle ne voulait pas le laisser entrer. Il loucha vers elle.

— Tu es sûre que tu ne te rappelles pas ce que tu as entendu l'autre soir?

Julie décida de mentir plutôt que de discuter.

— J'y ai repensé et je crois que Denis avait raison. C'était la bourrasque. Je n'ai entendu personne.

Il la regardait toujours fixement, sans qu'elle puisse deviner ce qu'il pensait.

— Écoute, lui dit-elle. Tu n'as pas à t'excuser. Et tu n'avais pas besoin de venir jusqu'ici.

Il fit un geste de la main comme pour chasser ses paroles.

— De toute façon je passais par ici, je réfléchissais.

— Eh bien, je te remercie d'être venu.

«Et maintenant va-t'en», se dit-elle. Mais il resta, un peu chancelant.

— Je pensais à Diane. Elle était... elle est... parfois elle est insupportable, tu sais, dit-il avec un faible rire. Vraiment insupportable.

Julie se sut. Peut-être que si elle ne disait rien, il

finirait par partir.

— Tu sais ce qu'elle m'a fait? Elle m'a fait croire qu'elle tenait à moi, puis elle m'a laissé tomber comme un déchet.

Il posa une main contre le mur et se pencha vers Julie.

— On ne traite pas les gens comme ça! cria-t-il.

Julie tressaillit et fit un pas en arrière.

— Je l'ai détestée après cela, poursuivit-il avec force, mais je ne voulais pas qu'une pareille chose arrive! Je voulais seulement... je ne sais plus.

Il retira sa main et recula. Julie attendait, inquiète. Elle craignait d'alimenter sa colère si elle parlait. Il secoua la tête et prit quelques bouffées d'air. Lorsqu'il la regarda de nouveau, il cligna des yeux, comme surpris de la voir. Il se passa une main sur la figure et murmura :

— Excuse-moi, Julie.

Il fit volte-face et caracola jusqu'au bout de l'allée. Julie soupira de soulagement en entendant une voiture démarrer. Elle se dit qu'elle n'aurait pas dû le laisser conduire, mais il était parti sans prévenir. Elle était ébranlée et serait volontiers rentrée, mais Cannelle se remettait à pleurnicher. Tirant doucement sur la laisse, elle descendit les marches avec elle. Il faisait presque nuit mais la lune brillait et la brise sur ses jambes nues lui fit du bien. Cannelle devait l'apprécier aussi car elle s'arrêta et se remit à renifler l'air. Un petit coup de vent ébouriffa sa fourrure et les cheveux encore mouillés de Julie. Des nuages passèrent devant la lune et l'éclipsèrent. Julie entendit un grondement étrange et crut qu'il s'agissait d'un camion dans le lointain, mais elle s'aperçut que c'était Cannelle qui grognait. Elle écouta attentivement. Le vent bruissait dans les hautes branches de pin et elle crut entendre un tremblement de feuilles au bout de l'allée. Un raton laveur ou une biche, pensa-t-elle. Ou Carl? Elle avait entendu démarrer sa voiture, mais peut-être qu'il n'était pas allé loin. Peut-être qu'il revenait à pied.

Tirant sur la laisse avec plus de vigueur cette fois, elle fit volte-face, rentra en courant dans la maison et verrouilla la porte les doigts tremblants. Une fois libérée de sa laisse, Cannelle s'assit devant la porte et la regarda fixement. Julie respira profondément, bien décidée à ne pas s'énerver encore une fois. Carl avait bu et ses idées n'étaient pas tout à fait claires. Il ne pouvait pas être sincère quand il prétendait haïr Diane et il n'avait pas intérêt à venir l'effrayer. Il serait très embarrassé quand il se rappellerait ce qu'il avait dit, si toutefois il se rappelait.

Elle alla dans la cuisine, prit le maïs et le mit dans la sauteuse. Elle ferait comme prévu : faire sauter du maïs, trouver quelque chose d'intéressant à la télé, lire un peu. Et oublier Carl. Mais comme elle versait du beurre fondu sur son maïs, elle vit quelque chose bouger du coin de l'oeil. Les fenêtres de la cuisine donnaient sur l'avant et, comme les autres, elles étaient dénudées. C'est là qu'elle avait aperçu quelque chose. Se sentant très exposée, elle alla éteindre. En se répétant qu'il ne pouvait s'agir que d'un animal, elle se glissa jusqu'à une fenêtre et regarda à l'extérieur, mais l'obscurité était telle qu'elle ne put voir que le pâle reflet de sa robe de ratine blanche.

Son reflet! C'est sans doute ce qu'elle avait vu la première fois. Elle ralluma et se remit à verser du beurre sur son maïs. Elle aperçut encore le reflet de son geste dans la fenêtre. Comme elle finissait d'apprêter son petit goûter, elle remarqua que Cannelle, qui adorait le maïs, ne venait pas en quémander comme d'habitude et demeurait à son poste dans l'entrée. Julie essaya de l'attirer en lui lançant quelques grains non beurrés, mais Cannelle ne broncha pas. Julie ferma les yeux et tendit l'oreille. À part le sifflement du vent, tout était calme. Pourquoi la chienne agissait-elle aussi étrangement?

«N'y pense plus, se dit-elle, sans quoi tu vas te mettre à monter des barricades devant les portes.» Elle l'avait déjà fait quelques années auparavant. Après avoir regardé un film d'horreur à la télévision, elle avait érigé une pyramide de boîtes de soupe surmontée d'ustensiles de cuisine contre la porte de sa chambre, afin de se réveiller si le tueur essayait d'entrer. Lorsque la pyramide s'était effondrée au petit matin, c'était sa mère qui venait la réveiller.

«Il n'y aurait pas de film d'horreur ce soir, se dit-elle. Et si Carl revenait, il ne pourrait pas entrer.» Elle attrapa son bol de maïs, éteignit et monta l'escalier. Cannelle la regarda sans la suivre. Julie fouilla dans une boîte de livres et en sortit un roman. Elle tassa ses oreillers contre la tête du lit, déposa le maïs juste à la bonne distance sur sa table de chevet, se glissa sous l'édredon et ouvrit le livre. Cannelle, en bas, continuait de renifler et de pleurnicher devant la porte. Dehors, Julie entendait le vent dans la cime des arbres. Mais au bout d'une page de lecture elle fut prise par l'intrigue et bientôt elle n'entendit plus que les battements de son coeur.

# Chapitre 6

Julie se réveilla en sursaut, le coeur tressautant dans sa poitrine. Elle avait glissé sur le côté dans son sommeil et un coin du livre lui rentrait dans la joue. Elle se redressa sur ses oreillers et essuya son visage couvert de sueur. Ses bras étaient douloureux comme si elle avait gardé les poings serrés. Quel cauchemar! Le vent, les rochers, les personnages du roman au bord de la mer, tout s'était embrouillé. Et elle était devenue Diane, s'agrippant à un rocher qui s'effritait sous ses mains. Et tout le temps elle entendait quelqu'un crier. Les mots étaient inintelligibles mais la terrifiaient.

Elle se frotta les yeux et repoussa ses cheveux humides et emmêlés. Elle n'avait pas choisi le bon livre. Pour oublier Diane et les horribles rochers, elle aurait mieux fait de choisir un roman léger plutôt qu'un drame, surtout avant de se coucher.

Elle entendit un frottement quelque part et son coeur, qui avait repris un rythme normal, se remit à battre la chamade. Le vent soufflait toujours et quelque chose effleura le toit. «Sans doute une branche», pensa-t-elle, tendant l'oreille pour essayer d'entendre de nouveau le bruit de frottement.

À vrai dire, ce n'était pas un frottement. On aurait plutôt dit quelqu'un qui haletait et essayait d'étouffer le son en respirant par le nez. Carl? Elle s'était répété qu'il ne voulait pas l'effrayer, mais si c'était le contraire? Et s'il s'était moqué d'elle? Avant de déblatérer sur le compte de Diane, il l'avait questionnée à propos du fameux cri. Avait-il deviné qu'elle mentait en donnant raison à Denis? Était-il revenu pour la forcer à se rappeler?

Elle éteignit la lampe de chevet, se glissa hors du lit et se dirigea sans bruit vers la porte, toujours enveloppée dans l'atmosphère de son rêve comme dans un épais brouillard. Le frottement, ou le halètement, continuait et ce n'est qu'arrivée à l'escalier qu'elle comprit : une vieille chienne poussive convaincue qu'il y avait quelque chose à l'extérieur reniflait à travers l'épais panneau de la porte d'entrée. Julie serra la ceinture de sa robe et dévala l'escalier. Elle jeta un coup d'oeil dans la cuisine et vit que l'horloge indiquait deux heures quinze. Cannelle grattait la porte, maintenant, et se mit à pleurnicher en se tournant vers Julie, puis retourna à sa tâche désespérée.

On disait souvent que des gens étaient glacés de peur, mais ce que Julie sentait, en ce moment, c'était une bouffée de chaleur soudaine qui la mit en sueur encore une fois. Il y avait sûrement quelque chose — ou quelqu'un — à l'extérieur. Jamais Cannelle n'avait ainsi gratté la porte.

Julie entendait les battements de son coeur bourdonner à ses oreilles comme des coups de tambour. Vivement que ça s'arrête, sans quoi elle ne pourrait pas entendre l'ennemi quand il s'apprêterait à sauter sur elle.

«Assez! Assez! Assez! Personne ne va sauter sur toi, se dit-elle. Il faudrait d'abord qu'il puisse entrer et même Carl n'est pas assez fort pour enfoncer la porte.» Elle fit mentalement le tour de la maison. La porte avant était verrouillée. La porte arrière? Oui, elle l'avait vérifiée avant d'aller en ville et elle ne l'avait pas utilisée depuis. Même chose pour la porte menant au garage. Elle avait laissé la voiture dans l'entrée après être allée conduire ses parents à l'aéroport et n'avait pas utilisé le garage depuis. Mais la porte du garage elle-même? Si le verrouillage automatique n'avait pas fonctionné?

Le bourdonnement dans ses oreilles s'amplifia. Lorsqu'elle avait fait sortir Cannelle plus tôt, tandis que Carl était là, elle avait laissé la porte ouverte. Quelqu'un aurait pu se faufiler. Ça ne pouvait pas être Carl, toutefois. Après son départ, elle était restée dehors avec Cannelle. Aurait-il pu revenir? Il — ou quelqu'un d'autre — pourrait être dans la maison en ce moment même? Julie pivota sur elle-même et ne vit que l'escalier et une partie de la salle de séjour. Derrière elle, Cannelle émettait un son aigu et plaintif et Julie eut envie de gémir avec elle. Il y avait aussi le sous-sol. Encombré de cartons qu'ils n'avaient pas encore défaits, c'était l'endroit idéal pour se cacher.

Du calme, du calme. Julie pivota encore. Cannelle ne geignait plus, ne grattait plus; elle était simplement assise devant la porte et la regardait fixement. Elle avait les oreilles dressées et la langue pendante comme si elle reprenait son souffle en attendant de voir ce qu'allait faire son adversaire de l'autre côté.

De l'autre côté de la porte! S'il y avait quelqu'un dans la maison, Cannelle ne resterait pas ainsi collée à la porte. «C'est logique», se dit Julie, et à cette pensée son coeur se calma un peu. Elle ne se sentait pas en sécurité, mais elle n'était pas encore au bord de la panique. Le bourdonnement de ses oreilles diminua et elle put entendre le ronron du réfrigérateur et l'égouttement de l'eau dans l'évier de la cuisine. Elle se pencha pour flatter la tête de Cannelle, puis alla dans la cuisine fermer le robinet. Elle resta quelques minutes dans l'obscurité, l'oreille tendue, et n'entendit rien d'inhabituel. C'était bien peu rassurant; si quelqu'un l'épiait, il va de soi qu'il se ferait le plus silencieux possible.

Tressaillant au moindre bruit, elle ouvrit l'armoire et en sortit autant de boîtes de conserve qu'elle put. Elle attrapa ensuite une poignée d'ustensiles et fourra le tout dans un sac d'épicerie. Cannelle faisait toujours le guet devant la porte principale, la tête dressée, les yeux rivés sur le panneau. Julie la laissa à son poste et traversa le couloir jusqu'à la porte du sous-sol, où elle érigea une pyramide de conserves sur lesquelles elle plaça quelques cuillers en des points stratégiques. Elle fit la même chose au pied de l'escalier, puis dans la cuisine et devant la porte qui menait au garage.

Elle garda la porte avant pour la fin et, après avoir soigneusement posé une fourchette sur la pile, elle prit Cannelle dans ses bras et la gratta entre les oreilles. La chienne tremblait et le coeur de Julie se remit à battre de plus belle. Elle tenta de maîtriser le sentiment de panique qui l'envahissait. «Ce n'est pas forcément quelqu'un, se dit-elle. C'est probablement un animal, ou une branche cassée.» Au matin, elle trouverait la solution de l'énigme et elle en rirait.

Il était presque trois heures. Encore trois heures de plus et le soleil se lèverait, et tout rentrerait dans l'ordre. Trois petites heures.

Elle était trempée de sueur, mais une douche était hors de question. Elle flatta Cannelle encore une fois puis alla s'asseoir sur le canapé de la salle de séjour. Son coeur battait à tout rompre et elle s'efforçait d'entendre les sons environnants. Elle releva les jambes et s'allongea sur le côté, la tête appuyée sur un coussin, si épuisée que ses yeux se fermaient malgré elle. Elle se força à les laisser ouverts et regarda l'appareil téléphonique. Elle aperçut le clignotant rouge. Le message de son admirateur. Le souvenir de la voix douce la calma un instant.

Tout d'un coup elle entendit tinter un ustensile et fut aussitôt sur ses pieds, l'admirateur secret oublié et le coeur affolé. Elle avait la bouche sèche et ses genoux tremblaient. Quelle barricade était tombée? D'où était venu le bruit?

Attrapant un coussin, elle se força à aller jusque dans le hall. La pile de conserves était toujours là et la fourchette gisait sur le carrelage. La chaîne était toujours sur la porte fermée. Cannelle était là aussi, reniflant la fourchette. Julie avala avec difficulté et sentit de nouveau son sang couler dans ses veines. Au moins elle savait qui avait fait tomber la fourchette. Elle la remit en place et fit de gros yeux à la chienne qui la regarda à peine, trop occupée à surveiller la porte.

Julie alla vérifier les autres barricades et, ne trouvant rien de déplacé, elle retourna dans la salle de séjour. Elle attrapa le tisonnier au passage et, l'agrippant fermement, elle alla s'asseoir sur le canapé et attendit la fin de la nuit.

C'est le tisonnier qui la réveilla en dégringolant sur le plancher. Julie ouvrit les yeux et fut éblouie par la lumière. Enfin, c'était le matin. Elle s'assit et écouta le silence, qu'un son familier venait troubler. Tournant la tête, elle vit Cannelle pelotonnée à l'autre bout du canapé, qui ronflait doucement. Julie se demanda quand la chienne l'avait rejointe. La dernière fois qu'elle avait regardé l'horloge, il était quatre heures et demie et Cannelle était toujours à son poste.

En tout cas, aucune des barricades ne s'était effondrée, donc l'ennemi devait toujours être à l'extérieur, à moins qu'il n'ait décampé. Julie ne pouvait douter qu'il y ait eu quelqu'un ou quelque chose. Et l'idée de passer une autre nuit seule dans la maison commençait déjà à l'inquiéter. Soudain, Cannelle leva la tête et dressa les oreilles.

«Oh! non, pas encore!» se dit Julie. Elle ne pouvait passer à travers cela une autre fois. Mais Cannelle sauta en bas du canapé et se précipita vers la porte avant, où elle fit dégringoler la montagne de conserves. Aussitôt quelqu'un sonna et appela Julie.

Elle avait le cou raide, les yeux ensablés et le souvenir de la nuit lui faisait dresser les cheveux. Elle attrapa le tisonnier et se dirigea lentement vers la porte. Elle reconnut la voix de Sonia.

— J'ai entendu du vacarme à l'intérieur. Quelqu'un est blessé?

— Non, rétorqua Julie. Je me suis seulement barricadée. Attends un peu.

Elle repoussa quelques boîtes de conserve qui roulèrent avec fracas sur le carrelage, puis elle enleva la chaîne et déverrouilla la porte. Sonia pénétra à l'intérieur avec un paquet sous le bras, à peu près de la taille d'une boîte à chaussures et enveloppé dans du papier écarlate retenu par une boucle de soie blanche. Sonia regardait avec étonnement les boîtes qui roulaient sur le sol, les ustensiles épars ainsi que l'air abattu et débraillé de Julie.

— Dure nuit? fit-elle.

Julie n'avait pas le coeur à rire et la fatigue n'était pas seule responsable. Elle était toujours effrayée. La nuit avait été dure, en effet, mais certainement pas comme Sonia l'imaginait. Celle-ci jeta un coup d'oeil dans la cuisine.

— Ciel! une autre barricade?

Elle reluqua le tisonnier que Julie tenait toujours à la main et haussa le sourcil.

— Qu'est-il arrivé? Ne me dis pas qu'on a essayé de forcer ta porte?

— Non. Je ne sais pas. Je l'ai cru.

Elle lâcha le tisonnier et respira en tremblant. Puis elle raconta ses déboires à Sonia. Elle allait lui parler de Carl, puis se ravisa. S'il n'était pas en cause, elle ne voulait pas que Sonia aille lancer des rumeurs à son sujet.

— Je devrais me sentir mieux maintenant qu'il fait jour, mais ce n'est pas le cas. Jamais de ma vie je n'ai eu aussi peur.

— Je te crois sans peine.

Elles allèrent dans la salle de séjour et Sonia

s'assit sur le canapé. Cannelle sauta à ses côtés avec un gémissement.

— On dirait un film d'horreur, dit-elle en flattant la chienne entre les oreilles. Tu sais, quand on voit une fille seule à la maison et que la scène d'après il y a du sang partout.

— As-tu besoin de dire ça? fit Julie en frissonnant. J'y ai pensé toute la nuit et j'aimerais autant l'oublier.

— Désolée, fit Sonia sans conviction. Tu aurais dû m'appeler, le vétérinaire est venu très tard. Au moins tu aurais eu une oreille-témoin quand le meurtrier aurait fait son apparition.

Julie la dévisagea. Comment pouvait-elle se moquer? Ne voyait-elle pas à quel point elle était ébranlée? Elle souhaita soudain que Sonia s'en aille. Mais elle ne semblait pas décidée à partir, confortablement installée avec Cannelle à ses côtés. Julie essaya de chasser sa mauvaise humeur et pointa le paquet que Sonia tenait toujours et que Cannelle reniflait en gémissant.

— Qu'est-ce que c'est que ça?

— Oh! c'était sur le perron. Pourquoi ne l'ouvres-tu pas?

Elle éloigna le paquet du museau de Cannelle et le tendit à Julie.

— Il doit y avoir quelque chose de bon à l'intérieur. Ah! Ah! fit-elle en claquant les doigts d'un air triomphant. Tu as donc vraiment eu un visiteur la nuit dernière. Quelqu'un de très sexy, sans doute, et très timide? Qui fait des appels anonymes et dépose des petits présents en pleine nuit?

Pas un seul instant, au cours de l'horrible nuit,

Julie n'avait pensé que ça pouvait être son admirateur. Mais en y repensant, c'était possible. Elle passa le doigt sur le ruban de soie et grimaça un sourire. Eh bien! Il l'avait drôlement effrayée, mais peut-être que ça en valait la peine. Prise de curiosité, Julie défit la boucle.

— Je me demande ce que c'est, fit-elle en déchirant le papier.

— Dépêche-toi. Je n'ai pas déjeuné, peut-être qu'il y a du chocolat ou un paquet de biscuits à l'intérieur.

— Pourquoi de la nourriture? demanda Julie en enlevant les collants qui retenaient le couvercle.

— À cause de la chienne. Elle a l'eau à la bouche comme s'il y avait un bifteck à l'intérieur.

— Ce ne serait pas très romantique, continua Julie en se débattant avec le dernier collant. Mais ça serait assez original.

Le couvercle était enfin libéré. Julie le laissa tomber sur le sol et retira plusieurs couches de papier de soie, puis elle figea sur place. Au fond de la boîte, niché sur un lit de papier, reposait un serpent à sonnettes mort, la tête tranchée soigneusement posée sur son corps inerte et flasque.

# Chapitre 7

Julie sentit son estomac se retourner; avec un cri d'effroi elle lança la boîte qui alla frapper l'une des grandes fenêtres avant de retomber sur le sol avec un bruit mat. Puis elle courut à la cuisine et avala quelques gorgées d'eau, tenant le verre en tremblant. Sonia l'avait rejointe et elles se dévisagèrent un instant, l'air dégoûté. Puis Sonia, qui se remit la première, poussa un profond soupir.

— En fait de cadeau inhabituel! fit-elle. C'est la chose la plus dégueulasse que j'aie jamais vue. Quel drôle d'admirateur tu as.

— Ça ne peut pas être lui, fit Julie en secouant la tête. Hier, il m'a laissé des fleurs. Il a appelé, aussi, et sa voix était aussi charmante que la première fois. On n'envoie pas des fleurs pour les faire suivre d'un serpent mort. C'est quelqu'un d'autre.

— Je suppose que tu as raison. C'est sans doute quelqu'un qui veut faire une blague, mais il a un curieux sens de l'humour.

— Il est complètement malade, tu veux dire.

Julie frissonna de dégoût et risqua un oeil vers la boîte. Cannelle flairait autour à grands reniflements.

— Ça suffit, Cannelle!

Elle avait parlé durement et la chienne s'éloigna d'un air piteux.

— Il t'a encore appelée? fit Sonia en essayant visiblement de détourner la conversation. Qu'a-t-il dit? Je parie qu'il ne t'a pas encore dévoilé son identité.

— Non, pas encore.

Julie regardait toujours la boîte. Serait-ce l'oeuvre de Carl? Avec un soupir résigné, elle raconta à Sonia sa visite, sans entrer dans les détails; elle lui dit seulement qu'il avait bu et qu'il était toujours fâché.

— Je ne voulais rien te dire mais à présent... crois-tu que ça peut être lui?

— Carl? réfléchit Sonia. Il croit toujours que tu as entendu quelque chose sur les rochers. Tout le monde lui a dit de laisser tomber, mais c'est une tête de mule. Et après sa visite d'hier soir, je pense que c'est possible.

— Mais c'est insensé, continua Julie. Pourquoi?

— D'abord, quelqu'un qui fait une chose pareille est insensé. Ensuite, Carl n'est pas reconnu pour son génie. Mais dis-moi, fit-elle en lançant un curieux regard à Julie, as-tu vraiment entendu quelque chose, ce soir-là?

— Je l'ai cru, dit Julie en retournant mentalement sur les rochers. En fait, j'en suis sûre. Je n'arrête pas de ressasser la scène; j'en ai même rêvé la nuit dernière. Mais chaque fois que je retourne en arrière, j'arrive à entendre la voix, mais pas à saisir les mots.

— Mais c'était un cri de colère? Un cri de frayeur? Tu dois au moins pouvoir le dire.

«Pourquoi insiste-t-elle?», se demanda Julie sur la défensive.

— Où est la différence? Diane a dû crier, puis elle a hurlé en tombant. Tout est arrivé en même temps. Je ne pouvais rien faire.

— Non, mais comme je te l'ai dit, Carl est entêté et peut-être qu'il croit que tu aurais pu faire quelque chose. Alors il t'a envoyé un serpent coupé en morceaux pour te faire savoir ce qu'il pense de toi.

Julie eut un frisson en revoyant les grosses mains de Carl sur la table du restaurant et la façon dont il s'était penché sur elle la veille. Était-il furieux au point de faire une chose pareille?

— Mais c'est peut-être une blague de collégiens, ne crois-tu pas? demanda Julie avec une lueur d'espoir. Ce serait plausible.

Elle avait envie de croire à cette possibilité. Ça expliquerait tout et l'éventualité lui souriait beaucoup plus que l'idée de vengeance. Mais Sonia semblait sceptique.

— Tout est possible. Mais je parierais plutôt sur Carl.

Pourquoi tenait-elle tant à incriminer Carl? N'étaient-ils pas des amis?

— Je ne le saurai sans doute jamais, renchérit Julie, mais j'aimerais mieux croire que c'est une mauvaise blague de gamins.

— À ta guise.

— Parlant de mauvaise blague, ajouta Julie en reluquant vers la boîte, je suppose que tu n'as pas envie de m'aider à me débarrasser de ça?

— Quelle hôtesse tu fais, Julie. Bien sûr, je vais m'en occuper. Tant qu'il est mort, ça ne me dérange pas.

Elle alla dans la cuisine et en revint avec une poignée d'essuie-tout, qu'elle utilisa pour remettre la dépouille dans la boîte.

— Voilà! fit-elle en remettant le couvercle. Loin des yeux, loin du coeur! Je dois partir. Je vais le déposer dans la poubelle près du garage.

— Attends. Tu ne m'as jamais dit pourquoi tu étais venue.

— Je savais bien que j'oubliais quelque chose! Ma mère occupait le téléphone et je voulais te demander si tu avais envie de faire une balade à cheval.

— Maintenant?

— Bien, peut-être que tu devrais te changer d'abord, fit-elle en lorgnant vers sa robe de chambre. Je ne dispose que d'une heure ou deux; ensuite, j'ai un tas de choses à faire.

— Ça me plairait bien, fit Julie.

Elle aurait fait n'importe quoi pour sortir de la maison. Mais elle entendit un son qui ne pouvait tromper : un camion s'engageait dans l'allée. Elle regarda par la fenêtre et revint vers Sonia.

— Mais je ne peux pas. Les peintres arrivent.

— Eh bien! Offre-leur du café et une tranche de serpent grillé. Ça les fera déguerpir, fit-elle en s'en allant.

Julie ne fit pas allusion au serpent mais elle offrit du café aux Major père et fils en espérant qu'ils refusent, mais ils acceptèrent. Ils la suivirent dans la cuisine et s'assirent à la table comme si c'était leur façon habituelle de traiter des affaires. L'aîné souffla sur son café et se renversa sur sa chaise.

— Alors, mademoiselle, avec qui traitons-nous?

— Avec moi. Je vais vous montrer ce qu'il y a à faire et vous me ferez un prix.

Le plus jeune, qui devait avoir la trentaine, ne la quittait pas des yeux depuis qu'il était entré.

— Alors, vous êtes toujours toute seule? fit-il.

— Oui, fit Julie en s'éclaircissant la voix. Pour l'instant.

Le gars l'énervait. Pourquoi donc leur avait-elle offert du café?

— Écoutez, j'attends quelqu'un, enchaîna-t-elle. Prenez donc votre tasse et je vais vous montrer les pièces.

Sans attendre leur réponse, elle se précipita dans le hall et leur indiqua ce qu'il y avait à repeindre. Puis elle leur montra la salle de séjour et la cage de l'escalier. Ils s'engagèrent dans l'escalier, puis le plus jeune lui lança un coup d'oeil et lui jeta :

— Vous ne montez pas?

Julie lui fit signe que non et se tint près de la porte d'entrée.

— Ah! c'est vrai! Vous attendez quelqu'un.

Il eut un sourire dubitatif et suivit son père. Julie attendit, souhaitant voir arriver quelqu'un effectivement. Un visage amical serait tout à fait le bienvenu à l'instant même. Quand les Major reparurent, le plus vieux lui donna un prix que Julie trouva exorbitant.

— Ça ira, fit-elle. J'en parle à mes parents et je vous rappelle demain.

— N'attendez pas trop, fit le plus jeune en baissant les yeux sur sa robe de chambre. On peut vous accommoder d'ici une dizaine de jours mais après, qui sait?

— Je cours le risque, rétorqua Julie en ouvrant la porte pour leur céder le passage. Merci d'être venus.

— Oh! Tout le plaisir a été pour nous.

Elle referma la porte derrière eux et s'y adossa un moment. Puis elle courut à l'étage prendre une douche. La sensation était si bienfaisante qu'elle en oublia le serpent. Une fois prête, elle redescendit, fit sortir Cannelle puis la ramena à l'intérieur et lui donna quelques grains de maïs pour se faire pardonner de l'avoir rudoyée. Elle l'avait bien mérité. Après tout, elle avait entendu quelque chose et fait le guet une partie de la nuit.

— Attends que je raconte ça à papa, lui dit Julie en la flattant. Il ne te traitera plus de bonne à rien. Et s'il s'avise encore de le faire, on lui rappellera la nuit où tu as flairé un serpent.

L'estomac de Julie se remit à faire des siennes, mais pas vraiment au souvenir de la boîte à surprise. Pendant qu'elle remplissait le bol de Cannelle, elle se rappela qu'elle n'avait pas soupé la veille, ni pris de petit déjeuner pour la peine. Comme il passait midi, pas étonnant que son estomac crie famine. Il y avait certes plein de soupe et de légumes en conserve mais, comme elle avait envie d'autre chose, elle décida d'aller faire des courses en ville.

Elle se sentit bien, dehors, au volant de la voiture. Elle ouvrit la radio et baissa la vitre, heureuse de sentir la caresse du vent dans ses cheveux. Comme il n'y avait jamais de circulation sur cette route, elle se laissa aller à rêvasser, refusant de penser au serpent, ou à Carl, ou à toute autre chose déplaisante. Elle pensa plutôt à ce qu'elle achèterait de bon. Et elle pensa à son mystérieux admirateur. Elle était presque rendue en ville quand elle aperçut une voiture dans le rétroviseur : une Toyota bleue défraîchie qui lui était familière. Elle vit que c'était la voiture de David en tournant dans la rue principale. La suivait-il ou n'était-ce qu'une coïncidence?

Elle trouva facilement à se garer juste devant l'épicerie et descendit de la voiture. La Toyota s'arrêta tout près et David en sortit à son tour. Grand, agile, les yeux noirs.

— J'ai essayé de t'appeler un peu plus tôt, fit-il en la rejoignant sur le trottoir, sans même la saluer.

— Je suppose que j'étais...

Où était-elle, au fait? Elle n'avait pas quitté la maison depuis la veille.

— Oh! J'étais sous la douche. Mais nous avons un répondeur.

— Je sais. Mais j'ai horreur de ces appareils.

«Grand, agile et les yeux noirs, mais démodé, aussi», pensa Julie.

— Alors? Pourquoi as-tu appelé? demanda-t-elle sans prendre plus de détour que lui.

— J'ai trouvé ça dans ma voiture ce matin, dit-il en lui tendant un petit bracelet tressé. Tu as dû le perdre l'autre soir.

— Merci, fit-elle avec un sourire.

On l'avait souvent complimentée sur son sourire, qui apparemment entraînait une fossette au coin de sa bouche. D'après sa mère, il illuminait son visage et incitait les gens à sourire en retour. Elle avait toujours cru que sa mère n'était pas impartiale et elle en eut la certitude à l'instant même, car David ne lui rendit pas son sourire.

— As-tu... As-tu vu Diane? demanda-t-elle.

— Je suis allé à l'hôpital, mais personne ne peut la voir à part sa famille.

— Elle est toujours dans le même état?

Il fit signe que oui.

— Dommage.

C'était bien faible comme réponse, mais elle ne trouvait rien de mieux. De toute façon, David ne l'écoutait pas. Il avait le même regard que la veille au restaurant, comme si elle le fascinait et l'effrayait à la fois. Elle soutint son regard, puis se mit à rire nerveusement.

— Est-ce que j'ai quelque chose de travers? Dis-le-moi, je t'en prie.

Cette fois il sourit, avec des étincelles dans les yeux.

— Non, tu es magnifique, Julie.

— Eh bien! Ça fait plaisir. Tu me regardais d'une telle façon, j'avais l'impression d'être sous l'oeil d'un microscope.

— Excuse-moi, fit-il en se passant la main dans les cheveux. Je réfléchissais.

Il regarda le ciel, comme s'il y cherchait quelque indice de pluie. Le ciel était pourtant clair. Finalement il dit :

— Je pensais à l'autre soir.

Voilà qu'on y revenait. Julie ne pouvait le blâmer, mais elle n'avait vraiment pas envie d'en parler.

— Tu te rappelles, quand nous nous sommes retrouvés, tu m'as dit que tu avais entendu un cri? Tu l'as répété au restaurant puis, Carl s'est mis en colère et tu as changé d'idée, tu as prétendu que c'était le vent. Tu m'as dit la même chose quand je suis venu te retrouver pendant que tu mangeais.

— Ce n'est pas exactement ce que j'ai dit, lui rappela-t-elle. J'ai dit que je ne le saurais sans doute jamais. Et auparavant, quand Denis a laissé entendre que ça pouvait être le vent, j'ai acquiescé parce que je n'avais aucune envie de me faire assommer, ou étrangler.

— C'est bien. Ça veut dire que tu ne t'es pas rétractée.

David avait les yeux rétrécis et parlait d'une voix calme et intense. Julie se sentait comme sous un projecteur.

— Et qu'est-ce qu'il y a de bien là-dedans?

— Ça veut dire que tu as effectivement entendu quelque chose. Et je veux savoir ce que c'était. J'essaie de mettre les pièces d'un casse-tête ensemble, tu vois? Il ne manque qu'une pièce et c'est toi qui la détiens.

— C'est toi, le casse-tête, David, fit-elle avec un rire nerveux, son air crispé commençant à l'inquiéter. Je veux dire... Bon, j'ai entendu un cri, ou un hurlement, ou quelque chose. Mais j'ai beau essayer de me rappeler, je n'y arrive pas. Et... je vais te paraître sans coeur, ce qui n'est pas mon intention, mais... qu'est-ce que ça change?

— Je ne peux pas t'en parler, fit-il d'un air impatient. Mais ça peut faire toute la différence.

Il tendit soudain les mains en avant comme s'il allait la prendre par les épaules et la secouer. Il se retint mais Julie aurait juré qu'il en avait toujours envie.

— Je ne vois pas en quoi, fit-elle, de plus en plus mal à l'aise et la nervosité faisant place à la mauvaise humeur. Elle a probablement crié «Au secours», ou «Non», ou quelque chose du genre. Quoi qu'il en soit, elle l'a dit juste avant de tomber et personne n'aurait rien pu faire, à moins d'avoir été tout près d'elle.

— C'est ce que je... Tu ne comprends pas, Julie, fit-il en secouant la tête.

— Alors explique-moi, je ne suis pas bouchée.

— Je ne peux pas! Et cette fois il la saisit par les épaules. Je voudrais seulement que tu te rappelles. C'est important!

Elle se libéra et recula d'un pas.

— D'abord Carl et maintenant toi. Je regrette d'avoir parlé de ça en tout premier lieu et j'en ai assez d'avoir à me sentir coupable pour une chose dont je ne suis pas responsable!

— Ce n'est pas...

— Oublions tout ça, l'interrompit-elle. Je ne veux plus en parler. J'ai entendu quelque chose mais je ne veux plus essayer de me rappeler ce que c'était. Et je regrette d'être montée là-haut!

Elle fit volte-face et se dirigea vers la voiture, juste comme un groupe s'approchait d'eux. C'était Karine, Denis et une fille qu'elle ne reconnaissait pas. Elle avait élevé la voix et pouvait voir à leur air qu'ils l'avaient entendue. Mais elle marcha sans s'arrêter jusqu'à la voiture, les joues en feu. Que David leur explique!

Si la rue n'avait pas été pavée, elle aurait sans doute soulevé un nuage de poussière en démarrant mais elle se contenta de faire ronfler le moteur avant de partir en trombe. Elle ne voulait pas donner à David la satisfaction de la voir se retourner mais elle regarda discrètement dans le rétroviseur. Il était planté les mains dans les poches, en train de parler aux autres. Sans doute leur racontait-il des histoires. Oh! il était rusé. Il avait l'air tout gentil, comme ça, à regarder le ciel et à se passer la main dans les cheveux, mais pendant tout ce temps il s'arrangeait pour la culpabiliser. Il oubliait volontairement que lorsqu'ils s'étaient retrouvés sur les rochers, c'est lui qui le premier avait suggéré qu'elle était le jouet de son imagination. Et maintenant qu'il était arrivé malheur à Diane, il voulait la forcer à se rappeler pour pouvoir se complaire dans les regrets. Eh bien tant pis! Elle ne marcherait pas dans son jeu. Elle en avait fini de se creuser les méninges et elle allait faire tout son possible pour chasser ce souvenir de sa mémoire.

Sa colère persista pendant presque tout le trajet de retour. Elle se calma en approchant de la croisée qui menait chez elle et s'aperçut qu'elle roulait très vite. Elle ralentit, bien qu'il n'y eut guère de policiers dans les parages. Sa colère était tombée mais sa mauvaise humeur demeurait. Elle monta la côte qui menait chez elle, toute chavirée à l'intérieur. Cannelle l'attendait, comme d'habitude, avec l'air de se réveiller. Elle la caressa distraitement, alla dans la salle de séjour et comme elle allait se laisser tomber sur le canapé, elle vit qu'il y avait un message sur le répondeur. Elle avait grand besoin de l'appel d'un admirateur. Elle appuya sur le bouton en croisant les doigts et en se demandant ce qu'il avait à lui dire cette fois. Se dévoilerait-il enfin? Ou ferait-il encore durer le plaisir?

# Chapitre 8

Au lieu de la voix douce et envoûtante de son admirateur, Julie entendit la voix de son père.

— Julie! Tout semble indiquer que nous serons encore retardés d'un jour ou deux. Il y a eu quelques petits accrochages avec la vente de la maison; rien de grave, mais ta mère est dans tous ses états. Nous te ferons signe dès que nous serons fixés sur notre retour. Donne-nous de tes nouvelles, mais pas ce soir, nous sortons. Est-ce que la chienne gagne toujours sa pitance?

Curieusement, ce n'est pas l'idée de passer encore deux ou trois nuits seule qui vint d'abord à l'esprit de Julie, mais les peintres, qu'elle avait promis de rappeler le lendemain. Ensuite l'idée de la solitude lui donna des frissons.

— Les priorités d'abord, dit-elle à haute voix, et elle appela ses parents. Maman? Bonjour, je viens juste d'avoir le message de papa.

— Et tu appelles pour offrir tes condoléances, fit sa mère d'une voix pour le moins ennuyée. Ces gens! Imagine-toi qu'ils veulent inclure le splendide plafonnier dans le prix de vente! Tu sais, celui qui vient d'Italie.

Sa mère parlait comme si elle avait fait un voyage exprès en Italie pour se le procurer, alors qu'elle l'avait acheté dans une vente débarras du voisinage. D'ailleurs, de l'avis de Julie, ce n'était qu'un encombrement de gros globes hideux qu'il fallait toujours épousseter.

— Je suis sûre que tu vas arranger tout ça, lui répondit Julie.

— Tu parles comme ton père. Ils ne veulent pas que ça, tu sais.

— Bon, alors annule la vente, suggéra Julie.

— Te rends-tu compte de ce que cela signifie? Le marché de l'immeuble n'est pas florissant, ici. Si nous ne...

— Maman! l'interrompit Julie. Je n'appelle pas à propos de la maison mais à propos des peintres.

Sa répartie eut pour effet d'attirer l'attention de sa mère, qui écouta.

— C'est du vol! lança-t-elle quand Julie eut terminé. Mais dis-leur que nous acceptons. Quoique si la vente rate, nous devrons supporter les murs saumon pendant les vingt prochaines années.

Julie ravala un éclat de rire et n'osa pas ajouter qu'ils pourraient très bien peindre eux-mêmes, ce qui vaudrait mieux que de supporter la présence de cet horrible Major. Mais sa mère n'avait visiblement pas l'esprit aux solutions pratiques. Elle aimait trop les problèmes.

— C'est tout? fit-elle en soupirant.

— C'est tout.

Inutile de parler du serpent sans tête et de ses insomnies. Sa mère mettrait cela sur le compte d'un mauvais plaisantin qui ne méritait pas qu'on s'en inquiète. Et elle aurait sans doute raison.

— Laisse-moi savoir quand vous reviendrez et j'irai vous chercher.

— Nous n'y manquerons pas, si jamais nous rentrons!

Sur cette note optimiste, sa mère ajouta qu'elle devait la quitter. «Elle retourne sur le sentier de la guerre», se dit Julie.

Dès qu'elle eut raccroché, l'idée de la maison vide refit surface mais elle la chassa aussitôt. Elle décida qu'elle allait s'occuper, à tel point qu'elle n'aurait pas le temps d'avoir peur. D'abord, elle appela les peintres et laissa sur leur répondeur le message de la rappeler pour lui donner la date exacte du début des travaux. Ensuite, elle appela Sonia.

— Tu as failli me rater, répondit celle-ci. J'allais justement sortir. Qu'y a-t-il? Ne me dis pas que tu as reçu un autre charmant cadeau.

— Non et je t'en prie, ne m'en parle plus. J'essaie de chasser ce souvenir de ma mémoire. J'essaie aussi de me convaincre que la solitude a du bon.

— Et elle n'en a pas?

— Pour l'instant ça va, mais c'est parce qu'il ne fait pas encore nuit. À la tombée du jour, je peux aussi bien me transformer en hystérique, alors j'ai décidé de te demander si tu voulais venir passer la nuit. On pourrait écouter de la musique et regarder une vidéocassette. Amène-toi et apporte de quoi manger, dit-elle en se rappelant qu'en fin de compte, elle n'était jamais allée à l'épicerie.

— Je regrette, je ne peux pas. Je le voudrais bien, crois-moi, mais mes parents vont dîner chez des amis et je dois les accompagner. Nous reviendrons très tard. Je suis désolée, Julie.

— Oh! Ça ne fait rien, dit-elle d'un ton détaché. De toute façon, c'est ridicule d'avoir peur. Il ne se passera rien.

— Tu as raison, fit Sonia. Et dis-toi que Carl ou un autre ne ferait pas une nouvelle frasque sans être sûr que tu as oublié la première. C'est alors seulement qu'il remettra ça.

— Merci beaucoup!

— Oh! Oublie ce que j'ai dit. Écoute, je ne peux pas te venir en aide ce soir, mais que dirais-tu de demain matin?

— Si je suis toujours en vie, tu veux dire.

— Allez! Julie. Verrouille toutes les portes et laisse les lampes allumées. Et demain, à la première heure, nous pourrions aller à cheval jusqu'au pied du massif, où nous pourrons allumer un feu et faire cuire du bacon et des oeufs. Je me charge de tout.

— Je serai prête à l'heure qui te convient, fit Julie sans se faire prier. D'ailleurs, j'aurai peut-être passé la nuit debout.

— Dans ce cas, il vaudrait mieux que tu montes Alice. C'est une vraie bourrique, alors tu pourras faire un somme en chemin.

Elles finirent de tirer des plans et dès qu'elle raccrocha, Julie sentit son estomac gargouiller. À la pensée du bacon et des oeufs, elle aurait bien aimé s'en régaler tout de suite. Si seulement elle n'avait pas rencontré David, elle aurait de quoi manger dans le frigo.

Elle revit David, près d'elle sur le trottoir, les yeux perçants tandis qu'il tendait vers elle ses mains robustes. Avec le recul, il lui sembla voir quelque chose qu'elle n'avait pas remarqué sur le moment. Il avait l'air inquiet et contrarié, mais aussi... quoi, au juste? Effrayé? Découragé? Elle n'arrivait pas à identifier le sentiment qui l'habitait et ça la préoccupait. Peut-être que si elle ne s'était pas énervée contre lui, si elle lui avait laissé une chance de s'expliquer, leur rencontre aurait pris une autre tournure.

Son regard erra vers le téléphone et l'image de David se transforma. L'émotion confuse qu'elle avait cru deviner dans ses yeux ne devait être que de la colère et elle sentit de nouveau ses doigts lui meurtrissant les épaules. Il n'était sûrement pas effrayé. Elle imaginait tout ça. Et il n'avait pas semblé prêt à s'expliquer. Elle cligna des yeux et l'image s'estompa pour faire place à celle d'une table bondée de nourriture.

Cannelle sur les talons, elle alla dans la cuisine où elle dénicha deux boîtes de chili et une boîte de riz instantané. Dix minutes plus tard, elle versait le chili sur le riz et y plongeait sa fourchette. Elle n'avait jamais rien goûté d'aussi bon et elle en avait fait une telle quantité qu'il y en aurait assez pour plus tard dans la soirée, lorsqu'elle aurait un petit creux.

Mais si son estomac gargouilla plus tard dans la soirée, Julie ne l'entendit pas. Après avoir rangé des livres pendant quelques heures, ce qu'elle se proposait de faire depuis le départ de ses parents, elle mit une cassette dans le magnétoscope — une comédie inepte dépourvue de toute scène de frayeur — et s'allongea sur le canapé pour la regarder. Mais au bout de dix minutes à peine, ses paupières s'alourdirent et c'est en vain qu'elle essaya de les garder ouvertes. Lorsqu'elle se réveilla, il était un peu plus de sept heures du matin.

À huit heures trente, Sonia et elle montaient Emma et Alice, trottinant lentement vers les rochers. Le soleil n'était pas encore très haut et l'air était pur et frais. Julie se sourit à elle-même. C'est fou ce que pouvaient faire onze heures de sommeil. C'était assez pour lui faire oublier que des choses bizarres pouvaient arriver, assez pour lui rendre Carl pathétique et transformer sa dispute avec David en un fait anodin. Même l'idée de passer une ou plusieurs nuits seule à la maison n'était plus aussi terrible. Surtout, onze heures de sommeil combinées à la faim suffisaient à lui faire souhaiter qu'Alice ne soit pas aussi lente que Sonia l'avait promis.

— Je suis affamée! lança-t-elle. Je crois que je saurai me tenir en croupe si nous hâtons le pas!

— D'accord, alors donne-lui un petit coup de talons et cramponne-toi.

— À quoi? Nous n'avons pas de selle.

— Empoigne sa crinière, ou passe-lui les bras autour du cou.

Un coup de talons dans les flancs d'Alice lui fit faire un saut en avant et Julie dut s'agripper à sa crinière pour ne pas se retrouver au sol. Un autre petit coup la ramena à un trot plus cadencé. C'était merveilleux et Julie fut déçue quand il fallut ralentir pour permettre aux chevaux de se frayer un chemin à travers les rochers au pied du massif.

— C'était fantastique, dit-elle en sautant à terre. Nous devrions recommencer demain.

— Demain je ne peux pas, fit Sonia en retirant son

havresac. Je dois rendre visite à ma tante. C'est une vraie peste. Allez, viens, dit-elle avec brusquerie.

Pour une fois, Sonia n'était pas très loquace.

— Alors, tu pars demain matin?

— Non, en fin d'après-midi aujourd'hui. Allez, cherchons-nous un coin agréable pour pique-niquer, fit-elle en remettant le sac sur son dos.

Julie regarda d'un air incertain en direction des chevaux.

— T'en fais pas, fit Sonia d'un air un peu agacé. Ils ne vont pas s'en aller et, de toute façon, nous ne monterons pas très haut. Ramasse des brindilles en chemin, pour faire le feu.

Sur ce, elle avait déjà décampé, forçant Julie à se hâter. Julie remarqua que Sonia était aussi agile que David sur les rochers, en la voyant escalader prestement une grosse pierre parfaitement lisse. Julie emprunta plutôt un petit couloir de côté.

— Tu n'apprendras jamais à grimper de cette façon, lui reprocha Sonia. Et tu mets un temps fou.

— Qu'est-ce qui nous presse? demanda Julie en se hissant auprès d'elle.

— Rien, laisse faire. Nous y voilà! fit-elle en déposant son sac.

Julie admira le paysage. Elles se trouvaient sur un gros rocher à la surface presque plate, mise à part une petite dépression qui serait parfaite pour y faire le feu. Le soleil était plus haut mais un énorme bloc surélevé en contre-haut leur procurait de l'ombre. Julie avança avec précaution au bord du rocher. Elle pouvait voir Emma et Alice un peu plus bas, qui mâchonnaient les pommes que Sonia leur avait apportées. Elle prit une profonde inspiration. Elle avait cru qu'elle n'aimerait pas se trouver ici de nouveau mais elles étaient à l'opposé de l'endroit où elle était montée l'autre soir avec David. Et, le matin, c'était magnifique. «Un endroit idéal pour un rendez-vous galant», songea-t-elle. Aussitôt le beau visage mince de David s'imposa à son souvenir et il lui prit encore l'envie de l'appeler. Elle avait pourtant décidé de n'en rien faire le matin même. Elle s'était emportée, mais c'est lui qui avait commencé en agissant si étrangement. Qu'il fasse les premiers pas! Mais elle commençait à hésiter. Elle soupira en secouant la tête, espérant arriver une bonne fois à se faire une idée et à la garder.

Un bruit derrière elle la fit se retourner. Sonia avait déjà rassemblé les brindilles et y mettait le feu. Ses cheveux lui retombaient sur le visage et elle tirait la langue en signe de concentration. Julie ne lui avait pas parlé de sa rencontre avec David. Devrait-elle? De toute façon, Sonia était sans doute déjà au courant. Elle était toujours au courant de tout. Mais si elle savait, elle aurait déjà abordé le sujet. Elle n'était pas du genre à se gêner. Il faut dire que Sonia avait l'air de mauvais poil ce matin. Elle semblait préoccupée. Julie se rendit compte qu'elle la connaissait bien peu. Sonia parlait beaucoup, mais jamais de ses sentiments. Peut-être après tout qu'elle était simplement comme elle en donnait l'impression : franche et amicale, sans aucune arrière-pensée.

Julie sortit de sa rêverie et vit que Sonia avait déjà mis le feu en train et fouillait dans le sac pour en sortir la nourriture. Elle lui lança le paquet de bacon.

— Ouvre ça, tu veux?

Julie l'attrapa, satisfaite de n'avoir pas parlé de

David. Elle commençait même à regretter d'être venue. Pourquoi Sonia avait-elle tenu à l'expédition puisqu'elle était de si mauvaise humeur?

Elle n'avait pas apporté d'oeufs mais elle avait pris une miche de pain et un bout de fromage. Lorsque le bacon fut prêt, elles firent assez de sandwiches pour six. Julie mangea avec appétit mais Sonia picora à peine.

— J'ai tellement mangé que je n'arrive plus à bouger, fit Julie en terminant. Je resterais volontiers ici toute la journée.

— Ça m'arrive parfois, dit Sonia. J'adore venir ici.

Elle se tenait au bord du rocher et surveillait les chevaux. Puis elle regarda sa montre.

— Viens ici, dit-elle, la vue est magnifique.

Julie se glissa jusqu'à elle et s'assit à ses côtés.

— Je peux comprendre maintenant pourquoi tu aimes tant ce massif. L'autre nuit, je le détestais.

— Aucun être sensé ne pourrait l'apprécier en pleine tempête. Certains le craignent même depuis l'accident de Diane.

— Pas toi?

— Ai-je l'air effrayée?

Julie allait lui faire remarquer qu'elle avait plutôt l'air préoccupée, mais elle s'abstint. Si Sonia avait envie de parler, elle le ferait.

— Comment va Diane? demanda-t-elle.

— Toujours pareil.

Elle regarda encore sa montre, puis enfonça la main dans sa poche.

— Veux-tu t'en aller? demanda Julie.

— Non, pourquoi?

— Tu regardes sans cesse ta montre. Si tu dois partir, n'hésite pas.

— C'est à cause de ma tante, répondit vivement Sonia. Je voudrais seulement que le temps s'arrête par magie. Ma tante est une peste et je n'ai pas envie de lui rendre visite.

Julie s'allongea sur le rocher et regarda le ciel. Elle allait ajouter quelque chose quand elle entendit un bruissement, puis elle eut soudain le visage couvert de poussière et de sable.

— D'où est-ce que ça vient?

Elle se redressa pour s'épousseter.

— Quoi? fit Sonia en surveillant toujours les chevaux.

— Ça....

Julie s'interrompit en entendant un autre bruit. Cette fois c'était plutôt un crépitement, comme des billes qui roulent sur le plancher. Elle se redressa et se retourna juste à temps pour voir une véritable avalanche de cailloux qui dégringolaient du rocher au-dessus d'elles. Puis les cailloux se firent gros comme des boules de quilles. Julie se traîna sur les genoux.

— Sonia! Attention!

Sonia se retourna mais pas assez vite. Une grosse pierre lui heurta l'épaule et elle pivota sur elle-même. Elle saisit son épaule et perdit l'équilibre, un pied hors du rocher. Elle n'avait rien pour se retenir; si elle tombait, elle ferait une chute de trois mètres. Julie tendit brusquement la main, agrippa la veste de Sonia et tira de toutes ses forces. Sonia chancela pendant une horrible seconde, puis tomba à la renverse sur Julie en lui enfonçant douloureusement le coude dans la joue.

Sonia se frotta l'épaule et Julie se frotta la joue, toutes les deux haletant comme si elles avaient couru le marathon.

— Merci, dit Sonia au bout d'un moment.

— Je t'en prie.

Julie se remit sur ses pieds et fourra les affaires dans le havresac. Elle voulait déguerpir au plus vite. Sonia se releva lentement. Elle avait l'air ébranlée, mais elle essaya de blaguer.

— On devrait mettre un écriteau ici pour prévenir qu'il y a des éboulements!

Julie ne riait pas. Les pierres n'étaient pas tombées d'elles-mêmes, aussi sûr qu'elle s'appelait Julie. Quand elle avait regardé en arrière, l'instant d'avant, elle avait vu une ombre derrière l'éboulement. Une ombre humaine. Les pierres n'étaient pas tombées toutes seules. On les avait poussées.

# Chapitre 9

— Tu as vu un nuage, dit Sonia, qui refusait de croire à la version de Julie.

Elles s'éloignaient des rochers à cheval et Sonia gesticulait en montrant les petits nuages floconneux charriés par le vent.

— Ils produisent des ombres étranges sur le sol, tu sais.

— Ce n'était pas un nuage, insistait Julie. C'était quelqu'un. C'était un autre vilain tour, j'en suis sûre, affirma-t-elle.

— Allons donc! Les mauvais tours sont inoffensifs. Peut-être horribles, comme ce serpent, mais inoffensifs.

— Tu veux dire que ces pierres sont tombées toutes seules, sans aide? demanda Julie.

— Elles ont pu avoir de l'aide, mais pas forcément une aide humaine. Ça peut être un phénomène géologique, comme un tremblement de terre. Un petit tremblement de terre qu'on ne perçoit pas. Ou peut-être une détonation sonique qui a ébranlé les rochers. Ça peut être n'importe quoi.

— Je n'ai entendu aucune détonation sonique, continua Julie. Et un «petit» tremblement de terre n'aurait pas suffi à ébranler ces rochers, Sonia. J'ai bel et bien vu une ombre; une ombre humaine.

— D'accord, d'accord. Calme-toi. Tu as peut-être raison. Il t'arrive des choses si bizarres, peut-être qu'il y a en effet quelqu'un derrière tout ça.

— Mais qui? s'écria Julie. Carl? Tu crois que c'est Carl?

— C'est à toi de le découvrir, non?

«Quelle drôle de réponse», pensa Julie. Ou bien Sonia se moquait d'elle, ou bien... Julie lui lança un regard de côté. Sonia regardait droit devant elle, un sourire sur les lèvres. Savait-elle qui était derrière tout cela? Non, ça ne pouvait pas être vrai. Sonia n'était pas très profonde, un peu je-m'en-foutiste, mais elle n'était pas méchante.

Julie n'eut soudain qu'une envie, celle de se retrouver chez elle. Elle poussa un peu son cheval et s'agrippa fermement, laissant le martellement des sabots chasser de son esprit, pour l'instant, toutes les questions restées sans réponse. À la croisée des chemins qui menait chez elle, elle mit pied à terre.

— Je te reverrai à ton retour, dit-elle. J'espère que ta visite ne sera pas trop pénible.

— Merci, fit Sonia. Et merci encore de m'avoir repêchée là-haut, sans quoi je me serais sûrement cassé les os.

Elle lui envoya la main en empruntant le chemin de terre sinueux qui allait jusque chez elle. Julie la regarda aller avec les chevaux jusqu'à ce qu'elle disparaisse dans un détour, puis remonta le sentier jusque chez elle, où Cannelle l'attendait. À peine rentrée, elle alla tout droit vers le répondeur. Il y avait un message du peintre, le plus jeune.

— Vous êtes toujours seule, mademoiselle Ferron? Quel dommage!

Comment savait-il qu'elle était seule? Julie arrêta l'appareil, indignée de son effronterie. À moins que... Non. Il avait tenté sa chance, c'est tout. Elle s'obligea à ne pas se faire d'idée fausse et remit l'appareil en marche. Il ne fit plus d'allusions douteuses et dit simplement qu'ils allaient commencer les travaux dans dix jours, à huit heures du matin. Il n'y avait pas d'autre message. Rien de ses parents, ni de son admirateur. Peut-être qu'il s'était lassé, ou qu'il s'était senti idiot. Elle aurait aimé pouvoir lui dire de ne pas abandonner; elle aurait même aimé le voir surgir à sa porte et se présenter.

Cannelle, à ses pieds, dressa l'oreille et poussa un petit gémissement.

— Tu t'es ennuyée? lui demanda gentiment Julie. Bon. Je vais aller me laver les cheveux et ensuite, nous irons nous promener en ville et acheter de quoi manger.

Cannelle, en extase, agita sa petite queue. *Promener* et *manger* étaient ses mots préférés.

Julie débarrassa ses cheveux du sable et de la poussière et décida de les laisser sécher naturellement. Elle aurait l'air d'un pissenlit échevelé, mais elle voulait à tout prix sortir de la maison. Elle aurait bien aimé pouvoir se réfugier chez une amie, où elle se sentirait à l'aise et protégée. Mais Sonia n'était pas là et de toute façon, compte tenu de son attitude, Julie n'était pas sûre qu'elle pourrait de nouveau être à l'aise avec elle. Et comme elle n'avait personne d'autre, l'épicerie était son seul recours. Plus tard, elle n'aurait pas le choix de rester à la maison et pourrait se coiffer tout à son aise. Une autre longue nuit l'attendait.

Cannelle était ravie de sortir. Elle trottina vers la voiture à toute allure, comme un petit baril sur pattes, et Julie dut l'aider à monter sur la banquette arrière. Elle s'installa comme d'habitude, le nez collé à la vitre à demi ouverte et les oreilles battant au vent, tandis que Julie les conduisait en ville en fredonnant. Julie fut étonnée de constater que toutes les places de stationnement étaient prises devant l'épicerie et elle dut faire le tour du pâté de maisons avant de trouver enfin à se garer devant la papeterie.

— Nous y voilà, Cannelle.

Un petit ronflement montait de la banquette arrière. Cannelle s'était endormie. Julie hocha la tête puis regarda autour. La voiture n'était pas à l'ombre, mais elle ne serait pas longtemps partie et il y avait une brise. Si elle laissait les fenêtres ouvertes, Cannelle serait très bien. Elle sortit donc et referma la portière le plus doucement possible pour éviter que Cannelle se mette à pleurer. Peut-être qu'elle ne se réveillerait pas, c'est du moins ce que Julie souhaitait. Cannelle aimait se promener en voiture mais quand on la laissait seule, même quelques minutes, elle se mettait à hurler comme un chien abandonné exprès.

Il y avait foule à l'épicerie. Julie essaya de voir si elle n'apercevrait pas un visage familier, pour se rendre compte qu'elle n'avait envie de voir personne. C'est alors qu'elle aperçut Denis qui passait à l'extérieur. Il regarda par la vitrine et elle lui envoya la main. Il parut si étonné qu'elle se demanda s'il la reconnaissait. Il pointa finalement sa montre, comme pour indiquer qu'il était pressé, puis il disparut. Julie haussa les épaules; de toute façon, elle ne voulait pas lui parler.

Elle se fraya un chemin à travers les allées encombrées et finit par remplir son chariot. Puis elle alla faire la queue à la caisse. Une demi-heure plus tard, elle attendait toujours. Elle soupira en espérant que Cannelle ne soit pas en train d'ameuter tout le quartier, quand elle sentit une main sur son bras. Elle leva les yeux et aperçut Carl. Cette fois il avait le regard clair et sa figure toute ronde était blême.

— Julie... euh... je ne me rappelle pas très bien ce qui s'est passé l'autre soir, mais je crois que je me suis montré ridicule. Je suis désolé.

Julie le dévisagea. Il avait l'air sincère, mais comment savoir?

— Tu n'aurais pas laissé quelque chose chez moi, par hasard?

— Non, fit-il d'un air confus. Du moins, je ne crois pas.

Disait-il la vérité ou feignait-il? Quoi qu'il en soit, Julie décida de ne pas insister. S'il avait déposé le serpent, il ne l'avouerait pas.

— Alors, au revoir, Julie.

L'air un peu dérouté, il quitta le magasin et Julie n'en fut pas déçue. Son tour arriva enfin. Elle emballa elle-même ses achats, à la surprise de la caissière, et se hâta vers la sortie, convaincue que Cannelle devait être en train de faire son numéro de chien abandonné. Les bras chargés, elle se dépêchait en tendant l'oreille. Mais elle ne perçut aucun hurlement et, arrivée près de la voiture, tout était calme. Soulagée, elle déposa ses sacs et jeta un coup d'oeil à l'intérieur. Elle avait peine à y croire, mais Cannelle dormait toujours. En riant, Julie frappa contre la vitre.

La vitre... Elle était remontée. Elle l'avait pourtant baissée, non? La portière du conducteur était verrouillée et la vitre était remontée aussi, comme toutes les autres. Qu'est-ce qui se passait? Elle fouilla dans sa poche pour trouver les clefs et sentit une bouffée de chaleur sur ses jambes nues en ouvrant; l'intérieur de la voiture était un vrai four.

— Cannelle, qu'est-ce qui s'est passé? Tu dois être...

Elle s'arrêta. La chienne n'avait pas bougé. En se penchant sur elle, Julie vit qu'elle respirait à peine.

— Oh! Cannelle!

Un coup de chaleur, sans doute. Les yeux pleins de larmes Julie flatta la chienne et sentit la chaleur de son pelage. Cannelle était en train de mourir. Elle allait mourir, à moins... Un vétérinaire, vite! Il y avait un vétérinaire dans les environs, mais où? Elle n'avait pas une minute à perdre. Elle s'apprêtait à prendre le volant quand elle vit une dame qui remontait le trottoir.

— Le vétérinaire! fit-elle, la voix étranglée par les sanglots. Où est le vétérinaire?

La dame dut voir la panique dans ses yeux car elle ne se perdit pas en paroles inutiles et lui indiqua la maison du vétérinaire un peu plus loin. Julie se pencha sur la banquette arrière et prit la chienne dans ses bras. Elle était toute molle et lourde, et Julie la serra contre elle. Puis, tantôt courant, tantôt marchant, elle se dirigea en hâte vers la clinique du vétérinaire. «Vite, vite! Pauvre Cannelle! Ça va aller, ce n'est rien», se répétait-elle.

La salle d'attente était déserte, mais elle entendait un miaulement et une voix d'homme réconfortante. Elle se précipita vers le comptoir.

— S'il vous plaît, à l'aide! C'est une urgence!

À travers les miaulements du chat, elle entendit un bruit de pas, puis un homme en sarrau blanc couvert de poils fit son apparition.

— C'est ma chienne! Elle était dans la voiture et il faisait très chaud et...

L'homme, sans doute le docteur Caron, s'approcha et sans dire un mot prit la chienne des bras de Julie et retourna sans perdre de temps dans sa salle d'examen. Les bras ballants, Julie se laissa tomber sur une chaise et attendit. Le docteur revint au bout d'une demi-heure.

— Elle va s'en remettre, dit-il.

— Merci, fit Julie avec un profond soupir.

Le docteur Caron devait avoir l'âge de son père, avec des cheveux blonds grisonnants et des yeux bleus pétillants. Il aurait été séduisant s'il avait souri.

— Je sais que tu ne l'as pas fait exprès, mais c'était une chose stupide à faire. Il n'y a pas d'autre mot.

— Je...

— Je sais, je sais, l'interrompit-il. Tu n'as pas envie d'un sermon. Crois-moi, ce n'est pas mon genre, mais ça fait partie du métier. On ne laisse jamais un animal dans une voiture par une journée aussi chaude. Ta chienne a eu un coup de chaleur et elle aurait pu en mourir.

Julie hocha la tête.

— Les vitres... je les...

— Tu les as laissées entrouvertes, l'interrompit-il encore. Tu aurais dû les baisser au moins de moitié. Mieux encore, tu n'aurais pas dû la laisser là. Ne le refais plus.

Inutile d'essayer d'expliquer. Que pouvait-elle dire? La vérité aurait l'air d'un mensonge, comme si elle tentait de se disculper. Le vétérinaire dut comprendre sa tristesse car son expression changea. Ses yeux et sa voix se radoucirent.

— Fin de la leçon! dit-il. Je vais la garder sous observation cette nuit et je l'examinerai demain. Tu devrais pouvoir la reprendre lundi. Elle a l'air en bonne santé, à part un peu d'embonpoint, ajouta-t-il avec un sourire. Mais nous pourrons en reparler quand tu viendras la chercher.

Julie n'osa pas lui rendre son sourire, de peur d'éclater en sanglots. Elle se contenta de le remercier encore une fois en sortant.

Elle retrouva la voiture comme elle l'avait laissée : les portières ouvertes et les sacs d'épicerie sur le trottoir. Les gaufres surgelées survivraient peut-être, mais la viande, c'était moins sûr. Quant à la glace à la vanille, elle formait une rigole dans laquelle coulaient ses pépites de chocolat fondantes. Julie trouva un torchon dans le coffre et nettoya le dégât du mieux qu'elle put, puis remonta en voiture et se dirigea vers la maison.

Ses larmes jaillirent enfin comme elle quittait la ville. Elle essaya d'abord de les refouler, puis les laissa couler. De toute façon, elle ne risquait pas de rencontrer de voitures sur cette route; essuyant ses larmes d'une main et conduisant de l'autre, elle essayait de comprendre ce qui s'était passé. Ce n'était pas une blague, elle en était sûre. Il n'y avait rien de drôle à mettre en danger le chien de quelqu'un. Était-ce l'oeuvre de Carl? Il était en ville. Mais Denis aussi. Il n'avait pourtant rien contre elle? En fait, il y avait plein de monde en ville et le responsable n'était pas forcément quelqu'un de sa connaissance. Peut-être que Cannelle s'était réveillée, qu'elle s'était mise à hurler et qu'un passant, pour l'empêcher de sauter à l'extérieur, avait remonté les vitres. C'était difficile de croire qu'on puisse être aussi ignorant, mais c'était possible, après tout. Elle n'osait croire que quelqu'un l'avait fait délibérément.

Pendant quelques minutes, elle ressassa toute l'histoire. Elle sentit la chaleur qui s'était dégagée de la voiture en ouvrant la portière, revit Cannelle inanimée sur la banquette arrière et revécut son sentiment d'impuissance dans la salle d'attente. Elle chassa enfin toutes ces visions en se rappelant que Cannelle allait s'en remettre. C'est ce qui importait.

Ses larmes s'étaient taries et elle se sentait déjà beaucoup mieux, lorsque la voiture s'arrêta sans prévenir et refusa de redémarrer. Elle alla regarder sous le capot, vérifia les pneus, puis retourna à l'intérieur et remit le contact. C'est alors qu'elle vit que la jauge indiquait la panne d'essence. Elle posa la tête sur le volant, hésitant entre le rire et les larmes. Il n'était que quatorze heures trente. Décidément, la journée serait longue. Peut-être que si elle patientait, quelqu'un finirait pas passer. Mais, étant donné le peu de circulation sur cette route, ça pouvait prendre des jours et encore, si elle avait de la chance.

Épuisée, elle sortit de la voiture et attendit. La maison n'était pas si loin, cinq kilomètres tout au plus. Elle pouvait marcher. Elle attendit encore une minute ou deux, puis enfouit les clefs dans sa poche et s'élança sur la route. Au début, elle tendait l'oreille dans l'espoir d'entendre une auto, mais au bout d'un moment elle se résigna. Où pouvaient bien habiter tous ces consommateurs du samedi? Visiblement, ce n'était pas de ce côté, où il semblait n'y avoir que Sonia et elle. Cette pensée l'encouragea. Sonia lui avait dit qu'ils partaient en fin d'après-midi; peut-être qu'elle serait encore chez elle. Julie s'arrêterait là d'abord pour voir s'ils avaient de l'essence. Sinon, ils pourraient au moins la ramener à sa voiture après avoir appelé une station-service. Cette idée lui redonna un peu d'énergie et elle accéléra le pas en souriant.

Quand elle aperçut une cabine téléphonique, elle fut au comble de la joie. Elle avait dû la croiser maintes fois, mais elle l'avait tout à fait oubliée. Elle était pourtant bien là, dressée dans un enfoncement de la route pour permettre aux voitures de s'y arrêter.

Elle fouilla dans le fond de son sac pour y trouver de la monnaie puis, oubliant sa fatigue, elle fonça en courant vers la cabine.

# Chapitre 10

Arrivée à quelques mètres de la cabine, elle entendit un grondement de moteur dans le lointain. Elle s'arrêta net et regarda en arrière, prête à faire signe au conducteur. C'était peut-être la seule voiture qui passerait par ici et elle n'allait pas présumer de sa chance et la laisser passer. Du train où allaient les choses, le téléphone risquait d'être en panne.

Comme le bruit se rapprochait, elle se tint au milieu de la route pour que le conducteur l'aperçoive et ait le temps de freiner. Finalement, c'est une motocyclette qui apparut au loin. Elle agita très haut les bras. Elle pouvait maintenant discerner une motocyclette noire. Le conducteur — qui était peut-être une conductrice — portait un casque noir étincelant qui lui donnait un air cosmique. Au bout de quelques instants, Julie se rendit compte qu'il — ou elle — n'avait pas l'intention de s'arrêter. Elle était pourtant visible mais l'engin arrivait en trombe et le bruit du moteur, au lieu de ralentir, s'accélérait. Elle eut à peine le temps de se jeter sur le bas-côté, folle de rage. Mais à peine fut-elle à l'abri sur le bord de la route qu'elle vit de nouveau la moto foncer droit sur elle. Elle hurla de peur et fit un bond en arrière qui la projeta avec douleur contre la paroi de métal de la cabine. La moto fit une embardée et souleva un nuage de poussière dans un rugissement de moteur.

C'était volontaire, à n'en pas douter. Julie s'appuya contre la cabine, les genoux tremblants et le coeur battant si fort à ses oreilles qu'elle entendit à peine le grondement qui revenait. Elle jeta un coup d'oeil désespéré autour d'elle, le souffle coupé et, sans réfléchir, se précipita dans la cabine et claqua la porte. Le moteur rugissait avec frénésie et elle vit la moto alignée droit sur la cabine. Elle ferma les yeux et se laissa glisser sur le sol rugueux, les genoux coincés contre sa poitrine. Lorsque le vrombissement devint insupportable, elle rouvrit les yeux juste à temps pour voir l'engin faire une nouvelle embardée, éviter de justesse la cabine et fuir comme un bolide dans l'autre direction.

Allait-il revenir? De combien de temps disposait-elle? Elle se redressa et fouilla dans sa poche pour trouver la monnaie qu'elle y avait mise plus tôt. Sa main tremblait et la monnaie se répandit par terre. Accroupie, elle tâtonna pour ramasser les pièces. Mais voilà que le rugissement revenait.

Elle ne pouvait rester dans cette cage de verre à attendre que le maniaque fonce de nouveau sur elle tel un gros insecte noir sur sa proie. Il fallait sortir, courir vers le boisé derrière, où il ne pourrait pas la suivre. C'est ce qu'elle aurait dû faire dès le début. Elle attrapa la poignée de la porte et tira. Coincée. Elle tira encore plus fort sans succès, sanglotant de rage. Rien à faire. Elle était prise au piège.

À plusieurs reprises Julie regarda avec terreur la motocyclette foncer sur elle. Chaque fois qu'elle tentait de glisser une pièce dans la fente, elle lui glissait des mains. Elle se rappela qu'elle n'avait pas besoin de pièce pour faire un appel d'urgence mais, au même moment, elle vit la moto tourner à quelques mètres de la cabine dans un tel vacarme qu'elle ne parviendrait pas à entendre la standardiste. Découragée, elle abandonna et se laissa tomber sur le sol de la cabine, tremblant de tous ses membres, pendant que le dément continuait son jeu infernal. Le soleil chauffait la cabine, l'air se raréfiait et elle pensa à Cannelle impuissante dans la voiture suffocante.

Il ne revenait pas. Elle dressa l'oreille et n'entendit rien d'autre que sa respiration haletante. Elle se releva péniblement, déposa une pièce dans la fente et composa le numéro de la station-service qu'on avait aimablement affiché près de l'appareil. Occupé. Elle raccrocha avec rage, sanglotant d'impuissance.

Il pouvait revenir; peut-être qu'il lui laissait seulement un sursis. Elle ruisselait de sueur et l'air de la cabine était si lourd qu'elle avait du mal à respirer. Elle essaya encore de tirer sur la poignée mais ses mains glissantes perdirent prise et elle retomba en arrière contre le panneau vitré. Elle devait se hâter. Elle devait sortir, ou appeler à l'aide. Elle remit la pièce et composa de nouveau. Enfin une voix lui répondit.

— J'ai besoin d'aide, je suis coincée, haleta-t-elle.

— Parlez!

— Je... je ne peux pas! fit-elle, accrochée au récepteur comme à une bouée.

— Je ne peux pas vous aider si vous ne dites rien, madame!

Elle n'en pouvait plus. Elle avait peine à respirer. Elle lâcha l'appareil et retourna à la poignée de la porte. Il fallait qu'elle sorte! Elle s'essuya les mains, puis tira éperdument. Enfin, avec un horrible grincement, la porte céda. Julie retomba en arrière, se cogna la tête contre la vitre et se laissa glisser sur le sol. Trop lasse pour bouger, elle ferma les yeux et sentit l'air frais sur ses jambes. Mais elle ne devait pas rester là et, dans un ultime effort pour se relever, elle entendit une petite voix.

— Madame? Qu'est-ce qui se passe? Ça va?

Prenant une profonde inspiration, elle attrapa le récepteur qui pendait au bout de son fil.

L'après-midi tirait à sa fin quand Julie s'engagea dans l'allée de sa maison. Elle coupa le contact, mit la main sur la poignée et se laissa retomber au fond de la banquette, épuisée. Sa tête lui faisait mal et ses vêtements étaient trempés de sueur. Elle avait besoin d'une douche, d'un peu d'aspirine et d'une boisson froide. Mais pour l'instant, elle ne pouvait s'extirper de son siège.

Elle avait demandé au garagiste de la rejoindre à la cabine téléphonique, incapable d'envisager de retourner à pied jusqu'à sa voiture et risquer de rencontrer le fou à la moto. Elle était donc restée là à attendre et, en voyant arriver la Jeep, elle éprouva une reconnaissance sans bornes. L'homme parlait sans arrêt, semblant avoir une opinion sur tout, mais Julie n'entendait rien. Elle s'était contentée d'acquiescer de temps à autre, effondrée sur le siège. Si elle lui avait raconté sa mésaventure, il lui aurait sans doute dit d'appeler la police. Elle savait qu'elle devrait le faire, mais plus tard, une fois rentrée chez elle, en sécurité derrière les portes verrouillées.

Pour l'instant, assise dans la voiture, Julie avait les paupières closes, découragée à l'idée de se retrouver seule dans la maison. Si elle appelait la police, elle devrait raconter, depuis le serpent mort jusqu'à l'incident de la moto, que quelqu'un essayait avec succès de l'effrayer. Les policiers tenteraient de savoir pourquoi et elle n'avait pas de réponse. Elle savait seulement qu'on voulait lui faire peur. Elle aurait dû s'en douter depuis le début, d'ailleurs.

Elle porta ses mains à ses tempes en se répétant qu'elle devait sortir de la voiture, mais son corps s'y refusait. Elle était sur le point de glisser dans le sommeil quand elle entendit une musique. Elle crut rêver et ouvrit les yeux, mais la musique persista. À vrai dire, c'était plutôt un tintement irréel qui perçait l'air. Elle se glissa enfin hors de la voiture et alla vers la maison, charmée par le son. En atteignant le porche, elle aperçut un carillon éolien : six longs tubes de métal suspendus à un fin cercle de bois et agités par la brise légère. Il était accroché là même où elle avait trouvé les fleurs. Pour la première fois de cette journée interminable, elle se rappela qu'elle avait un admirateur.

Elle effleura le carillon qui fit encore entendre quelques notes, déverrouilla la porte et alla jusqu'au répondeur. Il y avait un message, mais c'était de son père : tout allait bien, ils arriveraient demain à dix-huit heures. Peut-être que son admirateur appellerait un peu plus tard; enfin, elle pourrait lui parler. Elle avait une folle envie de parler.

Comme une somnambule, elle monta l'escalier, se débarrassa de ses vêtements crasseux et se précipita sous la douche. Ensuite elle prit de l'aspirine, car sa tête martelait toujours, puis elle enfila un vieux jean confortable et un immense t-shirt vert foncé, s'enroula les cheveux dans une serviette et redescendit. Elle alla prendre ses sacs d'épicerie dans la voiture et dut jeter le poulet, la dinde et le boeuf haché, puis se força à manger un bout de fromage et une pomme qu'elle n'arriva pas à terminer. Elle avait faim mais comme ses pensées n'arrêtaient pas de tournoyer dans sa tête, la nourriture ne passait pas.

Quelqu'un tentait de l'effrayer. Ce n'était pas qu'un jeu anodin. On voulait la terrifier au point de... de quoi, au fait? La forcer à quitter la ville? Si elle en avait la chance, c'est ce qu'elle s'empresserait volontiers de faire. Mais pourquoi? Qu'avait-elle donc fait pour qu'on lui en veuille autant? Et qui était ce «on»?

La maison était trop calme et la nervosité s'empara d'elle de nouveau. Elle se débarrassa de la serviette qui entourait ses cheveux et alla sur le perron. Le soleil baissait mais, tant qu'il y avait de la lumière, elle se sentait en sécurité. Elle s'assit sur les marches à un mètre à peine de la porte et se laissa bercer par le son apaisant du carillon.

«Soyons logique», se dit-elle. En même temps qu'elle démêlait ses cheveux, elle essayait de mettre de l'ordre dans ses idées. Tout avait commencé par le serpent. Qu'avait-elle donc fait avant son apparition? Elle essayait tout simplement de se remettre d'une affreuse nuit sans sommeil, sa première nuit seule à la maison, quand Cannelle avait entendu quelque chose à l'extérieur. La veille, elle avait conduit ses parents à l'aéroport, puis elle avait entendu parlé de Diane. Malgré la douceur de l'air, un frisson la parcourut à ce souvenir.

Ensuite, elle était allée au restaurant. Au début tout le monde était enjoué, puis Carl était arrivé et la joyeuse troupe avait appris que Diane était tombée d'un rocher. C'est alors que Julie leur avait avoué avoir entendu un cri, puis un hurlement. Carl s'était mis en colère parce qu'elle n'arrivait pas à se rappeler. Était-il furieux au point de lui vouloir du mal? Il devait bien savoir que même si sa mémoire revenait, ça ne ramènerait pas Diane. Un autre frisson la parcourut et elle mit ses bras autour de ses genoux. Les horribles choses s'étaient produites après qu'elle eut parlé de ce cri. Le cri. Elle ferma les yeux et essaya encore de se rappeler. Pas les mots; seulement le son, la sensation. La sensation n'était pas difficile à raviver. Le vent, le tonnerre, les éclairs. Sa peur, ses propres cris à l'intention de David. Il y avait eu un éclair énorme, elle avait appelé, puis elle avait entendu un cri. Ensuite, quelqu'un d'autre avait hurlé.

Elle rouvrit les yeux mais ne vit rien d'autre que les rochers noirs ruisselants de pluie. Le carillon faisait toujours sa musique enchanteresse, mais elle n'entendait que le cri et le hurlement. Et les voix. Pas seulement une, mais deux. L'une avait crié, l'autre avait hurlé. Diane n'était donc pas seule. Ils étaient deux. Puis Diane était tombée. Et la personne qui l'accompagnait le savait et l'avait abandonnée là, blessée, sachant qu'elle pouvait mourir.

Les battements de son coeur s'accélérèrent et le sang afflua à son visage, comme une bouffée de peur. C'est le lendemain qu'elle avait parlé de ce qu'elle avait entendu. Et la personne qui accompagnait Diane ce soir-là avait écouté la moindre de ses paroles, craignant ses révélations. Diane, qui était dans le coma, ne dirait rien. La seule de qui il fallait se méfier, c'était cette grande langue de Julie. Et le meilleur moyen de la faire taire, c'était de l'empêcher de se rappeler. L'effrayer au point qu'elle ne puisse plus penser à autre chose.

Eh bien! Ça avait presque réussi. Julie avait fait de son mieux pour oublier cette nuit sur le massif. Elle avait même voulu se convaincre qu'un gamin de première année était derrière tous ces mauvais tours et s'amusait à ses dépens. Mais le ou la vraie responsable n'entendait pas à rire.

Elle se releva d'un bond, incapable de rester immobile plus longtemps. La peur lui donnait l'envie de fuir. Mais où aller? Elle était complètement seule. Exactement comme son agresseur le souhaitait. Carl? Elle repensa à lui et se rappela sa visite; il lui avait avoué qu'il détestait Diane et ses yeux brillants de rage l'avaient effrayée. Mais ce n'était rien comparé à ce qu'elle éprouvait maintenant. Maintenant qu'elle savait que quelqu'un la poursuivait. Quelqu'un qui était fou de rage, assez fou pour pousser Diane en bas des rochers. Quelqu'un qui pouvait être Carl. Mais si Carl avait déposé le serpent, c'est Sonia qui l'avait livré. Elle avait prétendu l'avoir trouvé sous le porche, mais elle pourrait bien l'avoir apporté. Et son attitude était si bizarre, ce matin. Elle était nerveuse, regardait sans cesse sa montre comme si elle attendait que quelque chose se produise. Avait-elle prévu la chute des pierres, sans se douter que ça tournerait mal? Était-elle de mèche avec quelqu'un? Carl?

Julie secoua la tête. C'était difficile à croire. Mais elle ne pouvait pas non plus prétendre qu'il ne se passait rien. Il se passait effectivement quelque chose et, pour se protéger, il lui fallait découvrir le coupable.

Elle arpentait le perron, ruminant et ressassant, et toutes les personnes de sa connaissance défilaient dans sa tête, jusqu'à ce que ses pensées s'arrêtent sur Denis. Malgré le clin d'oeil qu'il lui avait lancé, c'était un garçon froid et morne. Si calme, si rationnel, si logique quand il parlait des sons qui jouent des tours. Et Julie avait acquiescé, croyant qu'il essayait d'être gentil. Elle savait, maintenant, qu'elle n'avait pas été le jouet de son imagination. C'était peut-être Denis, au contraire, qui jouait. Il était en ville, aujourd'hui. Il pouvait très bien avoir remonté les vitres de la voiture. S'il avait poussé Diane et l'avait abandonnée à son sort, il tenait à savoir ce que Julie avait entendu.

Il y avait quelqu'un d'autre, aussi, qui voulait savoir. David. Elle l'avait tenu à l'écart, se refusant à croire à sa culpabilité. Il s'était pourtant montré aussi désireux de savoir que Carl. Et il était avec elle sur le massif. Pendant qu'ils avaient été séparés, il aurait pu être avec Diane au lieu de chercher un nid comme il l'avait prétendu.

Julie secoua la tête. «Pas David. Pas lui.», se dit-elle. Et pourquoi pas après tout? Parce qu'il l'avait embrassée? Parce qu'elle s'était entichée de lui vingt minutes à peine après leur rencontre? Mais que dire de leur deuxième rencontre, quand il était venu la retrouver au restaurant après le départ des autres? Et de la troisième, quand il l'avait suivie en ville? Il l'avait forcée à se rappeler. Il pouvait très bien avoir un terrible secret à cacher.

— Tu ne le connais pas vraiment, se dit-elle à haute voix. Tu ne connais vraiment aucun d'eux.

Une brise s'éleva, agitant le carillon qui lança ses notes cristallines. Elle écouta avec bonheur en souhaitant que le son s'amplifie pour faire taire ses pensées. Elle en avait assez de remuer ces idées noires, de soupçonner tout le monde, d'avoir peur. Si elle en parlait, on la croirait folle. Elle-même l'aurait pensé, une demi-heure plus tôt, mais plus maintenant. Pas depuis qu'elle s'était rappelé qu'il y avait une autre voix, qu'il y avait quelqu'un d'autre sur les rochers avec Diane. Personne ne pourrait plus la convaincre qu'elle était folle. Mais elle n'avait personne à qui se confier.

Elle eut de nouveau l'envie de fuir, mais elle n'avait nulle part où aller. Les yeux brûlants, la gorge sèche, elle se précipita dans la maison et alla avaler deux grands verres d'eau, puis elle se pencha au-dessus de l'évier avec un haut-le-coeur. Elle ne fut pas malade mais, prise de vertige, elle tituba jusqu'au canapé et s'y laissa choir. Sa tête cessa finalement de tourner, elle se redressa et regarda autour d'elle. Par la grande baie vitrée, elle pouvait voir les rochers qui s'enflammaient sous le coucher de soleil. Elle détourna le regard et aperçut alors le clignotant du répondeur. Pendant qu'elle était dehors, si absorbée dans ses pensées qu'elle n'avait pas entendu la sonnerie, quelqu'un avait laissé un message. Elle s'extirpa du canapé et alla mettre l'appareil en marche.

— Julie? As-tu aimé le carillon? J'ai pensé à toi dès que j'ai entendu sa musique. J'espère que tu l'aimes. C'est pour ça que je t'appelle.

Il y eut une pause. Julie commençait à se calmer. La voix était si amicale, si chaleureuse, elle souhaitait qu'il lui tienne compagnie toute la nuit. Toute la nuit? Pourrait-elle vraiment passer la nuit seule dans cette maison avec ce qu'elle savait?

— À vrai dire, continua la voix, un peu plus forte, ce n'est pas la seule raison de mon appel. Je sais que tous ces messages et ces cadeaux peuvent avoir l'air d'une blague. Ce n'est pas le cas mais je ne te blâmerais pas de le penser. Ce n'est pas une blague, Julie, mais j'admets que tout cela devient risible.

Il y eut une autre pause et Julie l'entendit respirer. Elle respira à fond elle aussi.

— Alors voudrais-tu me rencontrer? Il est presque dix-huit heures. Si tu rentres dans l'heure qui vient, veux-tu venir me rejoindre? Je devrais plutôt aller chez toi mais je dois être à mon travail à dix-neuf heures trente et c'est à l'opposé, en direction de l'aéroport. De plus je... (il eut un petit rire) tu as dû te rendre compte que j'étais un peu timide. J'aurais peur de faire une drôle d'impression à tes parents si j'allais sonner à ta porte. Rencontrons-nous d'abord tous les deux dans un endroit tranquille, tu veux? Après tout, peut-être que je ne te plairai pas. Dans le cas contraire, je te promets de venir chez toi la prochaine fois et de faire bonne impression. (Il fit encore une courte pause et continua.) Il y a un endroit que j'aime bien. Tu pourrais y venir et nous pourrions parler tranquillement, face à face enfin.

Il décrivit l'endroit qu'il aimait et, à mesure qu'il parlait, Julie comprit qu'il s'agissait des rochers.

— Je t'attendrai, Julie. Si tu ne peux pas venir, ne t'en fais pas, je comprendrai. Mais j'espère vraiment que tu viendras.

Le message était terminé. Julie prit son portemonnaie dans son sac et le fourra dans la poche de son jean. Puis elle courut allumer toutes les lumières, mit la radio à tue-tête pour faire croire qu'il y avait quelqu'un à la maison et courut à l'extérieur. Elle avait souhaité s'enfuir quelque part et son admirateur venait de lui donner une idée : l'aéroport. Elle s'y rendrait ce soir et attendrait l'arrivée de ses parents. Mais tout d'abord, elle s'arrêterait aux rochers. Un endroit calme, une conversation tranquille avec un garçon timide à la voix douce. Quelqu'un qui s'intéressait à elle, avec qui elle pourrait se sentir en sécurité. Un garçon si gentil qu'il ne lui en voudrait pas si elle ne venait pas. C'est tout ce dont elle avait besoin en ce moment : quelqu'un de gentil, d'attentif et de rassurant. Le massif ne l'effrayait plus si son admirateur secret s'y trouvait.

# Chapitre 11

Quand Julie s'engagea sur la route cahoteuse qui menait au pied des rochers, le soleil était déjà très bas. Mais elle savait que le crépuscule durerait assez longtemps pour leur permettre de s'asseoir et de bavarder pour faire connaissance. Elle arrêta la voiture, en descendit et regarda autour d'elle. Les rochers avaient perdu leur couleur sanguine pour prendre un doux ton de rose, parsemé de taches violettes que formait l'ombre des grands pans de roc. La brise soufflait doucement et l'air embaumait le pin, bien qu'il n'y eut pas d'arbres dans les parages. Le paysage était devenu merveilleux; on aurait dit une scène de film. D'ailleurs, c'était presque du cinéma. Un garçon timide trouve enfin le courage de rencontrer la jeune femme qu'il vénère depuis longtemps, il choisit un endroit romantique à souhait, discrètement éclairé et balayé par une brise légère... Julie secoua la tête en souriant. Voilà qu'elle se perdait dans la rêverie. Il fallait d'abord le rencontrer, pour voir ensuite si le scénario en valait la peine.

Elle avait cru qu'il serait déjà là, bien en évidence, mais tout en se frayant un chemin à travers les bosquets et les rochers bas elle vit que personne ne l'attendait. Il ne pouvait quand même pas se cacher. Personne n'était timide à ce point. Aurait-il changé d'avis? Elle fit une pause pour regarder en arrière et constata qu'il n'y avait pas d'autre voiture que la sienne. Elle leva les yeux vers le massif et aperçut le lieu de rendez-vous. C'était facile à repérer : un énorme rocher plat en plein centre du U formé par le massif. C'était environ à trois mètres plus haut, mais facile d'accès. Il lui avait dit qu'elle ne pouvait pas le manquer et c'était vrai. Mais il ne lui avait pas dit qu'il ne serait pas là à l'attendre.

Se forçant à ne pas sauter aux conclusions hâtives, Julie se dirigea vers le point de rendez-vous. C'était impossible qu'il ne vienne pas. Pourtant, l'idée ne lui faisait pas peur. C'était curieux, d'ailleurs, considérant ce qu'elle avait éprouvé jusqu'à maintenant à l'égard des rochers. Peut-être que l'heure du jour y était pour quelque chose. Ou peut-être qu'elle était si lasse qu'elle n'avait plus l'énergie de s'inquiéter. Quoi qu'il en soit, elle décida de monter et d'attendre un moment.

En utilisant sa technique habituelle, qui consistait à contourner les blocs de pierre pour éviter de grimper, elle mit une quinzaine de minutes à atteindre la plate-forme. Le roc, réchauffé par le soleil, était toujours tiède. Si la surface avait été plus lisse, elle s'y serait volontiers allongée les yeux clos. Elle était épuisée. Il s'était passé suffisamment de choses aujourd'hui pour occuper deux semaines au moins. Mais elle ne voulait plus y penser. Plus tard, quand elle aurait retrouvé ses esprits, elle prendrait une décision. Pour l'instant, elle voulait juste garder la tête libre pour laisser à son admirateur le soin de l'emplir à sa guise.

Elle ne portait pas sa montre. Elle avait quitté la maison vers dix-huit heures trente et il avait appelé à dix-huit heures. «Dans l'heure qui vient», avait-il dit. L'heure devait être écoulée. Elle s'assit sur le roc tiède, les jambes croisées, et contempla le paysage. Sa voiture était toujours seule en contrebas, une forme brun pâle parmi les ombres qui s'allongeaient.

Elle se mit la tête dans les mains et ferma les yeux quelques instants. La chaleur qui émanait du roc et la douce brise dans ses cheveux compensaient pour la dureté du siège. Sa tête s'inclina, puis elle la redressa en sursaut. Si elle restait assise, elle risquait de s'endormir et de rouler en bas de son perchoir. Elle se leva, s'étira et arpenta le rocher un moment, puis se rassit. Le roc n'était plus aussi chaud et la lumière faiblissait. Bientôt, elle ne pourrait plus distinguer sa voiture. Tout était paisible mais son calme intérieur s'effritait à mesure que le jour baissait. S'il ne se montrait pas dans quelques minutes, elle partait.

— Julie?

Lisait-il donc dans les pensées? Malgré la vue d'ensemble qu'elle avait sur le paysage, elle ne l'avait pas vu venir. Elle se releva d'un bond et brossa le fond de son jean.

— Je suis là, fit-elle. Où es-tu?

— Ici, au-dessus de toi, lança-t-il avec un petit rire.

Elle leva les yeux mais un grand rocher en saillie lui bloquait la vue.

— Par où es-tu venu?

— Par là-haut.

Elle se rappela que le massif était plat au sommet. Il y avait même une route là-haut. Peut-être qu'il habitait de ce côté.

— Ce n'est pas juste, fit-elle en riant. Je ne peux pas te voir. Pourquoi ne descends-tu pas?

— J'ai une meilleure idée. Viens me rejoindre. À ce point-ci, c'est plus facile de monter que de descendre.

Julie avait des doutes là-dessus.

— Je ne suis pas une très bonne grimpeuse, répondit-elle. Et on commence à ne plus y voir.

— Ça va aller, la rassura-t-il. Je vais descendre aussi et nous nous rencontrerons à mi-chemin, d'accord?

C'était assez amusant. Sa voix était aussi douce et agréable qu'au téléphone et elle n'arrivait toujours pas à la reconnaître. Elle essayait sans succès d'y déceler un indice. Mais si elle voulait voir son visage, mieux valait monter.

— D'accord, fit-elle. Indique-moi seulement le chemin. Tout ce que je vois d'ici c'est un autre rocher et il n'est pas pourvu d'un escalier.

— Descends vers la rigole qui contourne le rocher. Tu pourras la suivre un bon moment avant d'avoir à grimper pour la peine. D'ici là, je t'aurai rejointe. Ce n'est pas difficile, Julie, crois-moi.

Julie n'aimait pas les mots «grimper pour la peine» mais elle décida d'aller aussi loin qu'elle le pourrait.

— D'accord, lança-t-elle. J'arrive.

— Moi aussi.

Elle trouva la rigole, large d'une quinzaine de centimètres et jonchée de cailloux. Mais son admirateur avait raison, elle filait sur une bonne distance. Sa marche était parfois ralentie par un amas de grosses pierres à enjamber mais elle retrouvait toujours le sentier. À tout moment elle l'appelait pour s'assurer qu'il venait en sens inverse et sa voix la rassurait. Elle quittait à peine ses pieds du regard, si bien qu'elle ne remarqua pas, avant d'arriver au bout de la rigole, à quel point la lumière s'était tamisée. En relevant la tête elle se trouva face à un mur de pierre lisse qui se dressait vers le ciel et qu'elle ne pouvait d'aucune façon escalader.

— Ce n'est pas si terrible que ça en a l'air, Julie, lui dit-il comme s'il avait deviné ses pensées. Fais quelques pas vers la droite et tu verras une faille entre les rochers, où tu trouveras plein de prises.

Elle fit comme il disait et trouva la faille. Mais il y faisait encore plus sombre.

— Allez, Julie. Je suis presque arrivé jusqu'à toi. Je vais bientôt pouvoir te tendre la main.

Il avait au moins raison là-dessus, car sa voix était beaucoup plus proche. S'agrippant de part et d'autre de la faille, Julie leva un pied, trouva une prise et y ramena l'autre pied. Le rocher était moins abrupt qu'il paraissait mais sa paroi était à peine assez inclinée pour qu'elle ne se sente pas comme une mouche sur un mur.

— Ça doit être la partie difficile dont tu parlais, commenta-t-elle.

— Tu te débrouilles très bien. Tu es presque arrivée.

Lever un pied, le caler, ramener l'autre pied. Heureusement qu'elle portait un jean, sans quoi elle aurait les genoux complètement écorchés. Juste comme elle commençait à prendre de l'assurance, son pied dérapa. Le souffle coupé, elle s'agrippa au roc des deux mains, trouva de nouveau la prise et reprit son équilibre.

— Ça va?

— Oui, fit Julie en haletant. Mais ça ne me plaît pas. Je crois que je préfère redescendre. Je me sentirais beaucoup mieux sur le plancher des vaches.

— Mais tu y es presque.

— Presque, ce n'est pas assez. Ça ne me plaît pas, répéta-t-elle. J'aimerais mieux attendre que tu viennes jusqu'à moi. Ou alors rebroussons chemin tous les deux et rencontrons-nous ailleurs. Au restaurant, par exemple, sur la terre ferme.

Elle avait parlé d'une voix enjouée, pour ne pas paraître pleurnicheuse ni trop froussarde et elle s'attendait à ce qu'il émette au moins un petit rire, mais il n'en fit rien. Il continua de l'encourager d'une voix toujours aussi douce.

— Allez, Julie. N'abandonne pas maintenant.

— Je n'abandonne pas, rétorqua-t-elle, un peu agacée. Mais je n'ai plus envie de grimper par ici dans le noir. C'est pour te rencontrer, que je suis venue; pas pour grimper. De toute façon, une fois en haut je ne pourrai même plus voir ton visage. Je redescends.

— Non! Je t'en prie. Tu ne peux pas t'arrêter maintenant, Julie.

Sa voix avait changé; elle n'était plus douce et fascinante mais rauque et désespérée.

— Je comptais sur toi!

Les mots résonnèrent sur le roc et Julie s'arrêta net, comme s'ils faisaient écho dans son esprit. Elle ferma les yeux et les entendit de nouveau. Mais comme un souvenir, cette fois. Le souvenir d'une nuit où la pluie balayée par le vent fouettait les rochers, où les éclairs déchiraient le ciel, où le tonnerre ébranlait le massif. Elle se revoyait recroquevillée dans un creux de rocher, appelant David à perdre haleine, jusqu'à ce qu'elle entende ce qu'elle avait cru être une réponse.

*Je comptais sur toi!* C'étaient bien les mots qu'elle avait entendus. Des mots lancés avec fureur, d'une voix brisée par la colère et la peur, et qui ne s'adressaient pas à elle mais à Diane. Les mêmes mots exactement, prononcés par la même voix.

— Tu... lança-t-elle dans un souffle, malgré elle.

Mais il avait entendu.

— Moi quoi? Moi quoi, Julie?

— Rien, je... rien.

C'était donc lui. Lui qui était avec Diane ce soir-là; lui qui avait laissé à Julie tous ces messages, prétendant s'intéresser à elle. Il avait abandonné Diane à son sort et maintenant il s'en prenait à elle. Parce qu'elle avait entendu et que la mémoire lui revenait.

— Oh, Julie! fit-il presque en gémissant. Tu te souviens, n'est-ce pas?

Elle ne répondit pas. À tâtons elle s'acharnait à trouver une prise, se forçant à ne penser à rien d'autre. Mais où se cachait-elle?

— Me souvenir de quoi? Je ne vois pas ce que tu veux dire.

— Tu ne peux pas fuir, Julie. C'est trop tard. Je connais cet endroit mieux que toi.

Julie entendit un mouvement au-dessus d'elle et

sut qu'il descendait. La pénombre était telle qu'elle ne pouvait pas le voir. Elle réussit enfin à glisser le bout du pied dans un trou et se laissa descendre, quand une cascade de gravillons lui couvrit la tête et les épaules. Il approchait.

— Si tu ne t'étais pas rappelé, je n'aurais rien fait, dit-il, d'une voix de plus en plus proche. Je voulais simplement te parler et te mettre à l'épreuve. Je t'ai entendue, l'autre soir, et j'espérais que toi tu ne m'avais pas entendu. Mais ce n'est pas le cas. Alors j'ai tout essayé, le serpent, la motocyclette, et ton gros chien pataud, pour t'effrayer au point de t'inciter à partir. Je voulais simplement que tu fasses tes valises et que tu t'en ailles.

La même personne! Le garçon timide et chaleureux du téléphone et le fou furieux qui la terrorisait n'étaient qu'une seule et même personne. Et elle ne s'en était jamais doutée. Elle grinça des dents, cherchant en vain une autre prise. Elle se mordit les lèvres et tâtonna désespérément en étirant la jambe aussi loin qu'elle pouvait.

— Mais ça n'a pas marché, continua-t-il. Tu n'es pas partie et c'est bien dommage, Julie.

Elle trouva enfin la prise. Au même moment, elle entendit un bruissement juste au-dessus de sa tête. Avant même qu'elle puisse lever les yeux, elle sentit une main robuste lui saisir l'épaule et, d'un geste brusque, son mystérieux admirateur la poussa à la renverse.

Julie sentait quelque chose lui chatouiller le visage. Quelque chose d'aussi doux qu'une plume et d'une persistance intolérable. Des moustaches de chien, peut-être? Cannelle? Elle leva péniblement la main pour se frotter la joue et sentit la chose glisser le long de son cou, s'infiltrer dans son corsage, et elle se réveilla tout à fait. Elle était dans l'obscurité complète.

La mémoire lui revint aussitôt. Elle n'était pas dans son lit, avec Cannelle qui la reniflait pour la réveiller, mais quelque part sur le massif, dont le fin gravier lui criblait le visage. Elle se secoua de son mieux et referma les yeux pour faire le point. Elle était presque assise, le dos appuyé contre la roche dure. Elle éprouvait une douleur cuisante le long de la colonne vertébrale, qui élançait jusque dans sa tête. Ses mains étaient en feu et son coude lui faisait mal. Elle le bougea mais la douleur ne s'amplifia pas. Elle avait dû pivoter en tombant, puis s'agripper avec les mains et les pieds et se râper le dos le long des rochers dans la chute.

Chute. Le mot n'était pas assez fort. Elle ouvrit les yeux et se redressa à demi, les battements de son coeur s'accélérant à l'horrible souvenir d'une main qui la poussait. La main de son admirateur secret. La seule personne de qui elle croyait n'avoir rien à craindre. Ce qu'elle avait pu être bête! Où était donc passée sa jugeote? Elle s'était laissé séduire par une voix douce, qui l'avait entraînée jusqu'ici! Et cela quelques minutes à peine après s'être dit qu'elle ne devait faire confiance à personne, pas même à Sonia. Elle était sûre maintenant que Sonia était au-dessus de tout soupçon. Mais l'identité de son «admirateur» demeurait un mystère. Le fait d'entendre sa voix n'avait rien donné. Il devait la déguiser, lui donner une intonation différente qui ne tromperait sans doute pas quelqu'un qui le connaîtrait bien mais Julie ne connaissait personne à ce point par ici. Pas même David.

Elle fit un mouvement mais les pierres et le sable se mirent à glisser sous elle en l'entraînant. Elle n'y voyait rien; pas le moindre rayon de lune. Et si elle allait glisser dans le vide? Elle avait la bouche et la gorge sèches et pleines de sable, sans quoi elle aurait hurlé. C'est tout ce qu'elle avait envie de faire. Hurler jusqu'à ce qu'on l'entende et qu'on vienne à son secours.

Elle bougea de nouveau avec précaution et entendit des pierres dégringoler. Le bruit paraissait infernal, sans doute à cause du silence environnant. Elle n'entendait que sa propre respiration; elle n'était pas régulière, mais au moins elle était là. Et puis elle était en vie. Le savait-il? Il avait dû vérifier, après l'avoir poussée. Il était sûrement descendu pour se rendre compte. Mais alors, il saurait qu'elle n'était pas morte. Pensait-il qu'elle était dans le coma, comme Diane? Non, il n'aurait sans doute pas couru ce risque. S'il avait constaté qu'elle était en vie, il l'aurait tuée.

Donc, il ne l'avait pas vue. Il ne savait pas, c'est sûr. Probablement qu'il n'avait pas pu se rendre jusqu'à elle. Il devait attendre. Attendre jusqu'à ce qu'il fasse assez clair. Alors il agirait.

Julie se couvrit la bouche de ses deux mains et ravala le son qui tentait de s'en échapper. Elle devait rester tranquille. Mais elle devait bouger, aussi, descendre, fuir. Quelle heure pouvait-il être? Le jour se lèverait-il bientôt? Elle devait faire quelque chose. Et elle devait le faire en silence.

# Chapitre 12

Malgré la hâte qu'elle avait de quitter les rochers, Julie se força à rester calme encore quelques minutes. L'obscurité était à son comble; ses yeux s'étaient suffisamment habitués pour qu'elle puisse distinguer les ombres près d'elle mais lorsqu'elle essayait de voir au loin, c'était comme si on avait jeté un épais manteau noir sur le monde. Le ciel devait être couvert de nuages car elle ne voyait pas la moindre étoile au-dessus de sa tête, sinon les ténèbres.

Elle tendit les bras en avant pour voir où elle avait abouti et pour vérifier s'il n'y avait pas d'à-pic qui l'attendait. Ses mains ne touchaient que des pierres et, après s'être assurée qu'elles étaient fixes et ne risquaient pas de dégringoler avec elle, elle s'y tint fermement et commença à rouler sur elle-même pour se mettre à genoux. C'est alors qu'elle sentit une douleur cuisante dans sa cheville droite. L'acuité en était telle qu'elle siffla entre les dents et que la sueur perla à son front. Lorsque la douleur s'atténua, elle tâta doucement sa cheville, qu'elle sentit gonflée sous ses doigts. Les fractures enflent-elles? Elle devait être foulée, tout simplement; elle avait dû se la tordre en atterrissant. Mais brisée ou pas, sa cheville ne pouvait supporter son poids et Julie devrait avancer beaucoup plus lentement que prévu; mais il fallait quand même qu'elle avance. Elle s'agrippa au rocher encore une fois et se retourna. De son pied valide elle tâtonna jusqu'à ce qu'elle trouve du solide, puis elle respira à fond et se laissa lentement glisser.

Elle ne savait pas trop jusqu'où elle était montée avant d'être projetée en bas mais elle espérait pouvoir retrouver la faille. Au bout de quelques minutes, toutefois, après avoir couvert une distance d'à peine un mètre, elle sut que c'était peine perdue. Elle croyait être tombée en arrière mais, en pivotant, elle avait dû retomber dans la direction opposée à celle d'où elle était venue. Son pied ne se glissait jamais dans un trou familier et elle n'avait pas d'autres points de repère. Si seulement elle pouvait voir, elle découvrirait sans doute que la faille n'était pas bien loin mais, dans le noir, pas moyen de savoir et elle n'allait pas se mettre à chercher à tâtons. Sa cheville ne s'y prêterait guère et, même avec une bonne cheville, elle n'avait rien d'une allègre chèvre de montagne. Elle s'agrippa à un autre rocher et se laissa encore glisser de quelques centimètres. Chaque mouvement entraînait un petit glissement de cailloux et de gravillons. Le crépitement la rendait folle. Si elle l'entendait, c'est dire que lui aussi pouvait l'entendre.

Elle bougeait un peu, attendait que le bruit cesse, retenait son souffle et tendait l'oreille. Tout était silence, mais ça ne voulait rien dire. Il était là, elle en était sûre. Il attendait, épiant sans doute le moindre de ses mouvements. Alors qu'attendait-il? Pourquoi n'en finissait-il pas? Espérait-il seulement qu'elle tombe? Ou l'attendait-il en bas, sans bruit, prêt à la cueillir? Si c'était le cas, Julie savait qu'elle n'avait pas grand chance. Sa cheville blessée l'empêchait de courir. Elle s'arrêta pour se reposer, respirant la poussière de roche, essayant de trouver une issue. Elle ne pouvait pas remonter, mais elle ne pouvait pas non plus rester immobile. Même s'il était en bas, elle devait continuer. Elle ne pouvait rester à l'attendre, au risque de devenir complètement folle.

C'était interminable. Entre les glissades et les pauses, les tâtonnements à l'aveuglette pour trouver des prises et les instants de répit pour soulager sa cheville, Julie avançait à pas de tortue. Impossible de descendre en ligne droite; à deux ou trois reprises son pied n'avait trouvé que le vide et elle avait dû se hisser sur le côté avant de retrouver une route sûre. Mais de glissades en tâtonnements elle ne parvint jamais à la faille initiale. Elle n'avait pas la moindre idée où elle se trouvait et tout ce dont elle était sûre, c'est qu'il fallait descendre.

C'est au cours d'une halte qu'elle remarqua que quelque chose avait changé. Pas les rochers, qui étaient toujours aussi durs. Pas sa cheville non plus, qui oscillait entre la douleur aiguë et la douleur plus sourde. Lasse de respirer la poussière, elle renversa la tête en arrière et c'est alors qu'elle vit que le ciel n'était plus le même. Il était toujours sombre mais, ici et là, ses yeux pouvaient distinguer des ombres mouvantes et elle comprit que c'étaient des nuages. Le jour allait se lever et le ciel s'éclaircissait. Lentement mais sûrement, la lumière allait lui permettre d'y voir plus clair. Et d'être vue, aussi.

Elle devait se hâter. L'obscurité, qui l'avait tant exaspérée, était pourtant la seule chose qui jouait en sa faveur. Une fois le jour venu, elle ne pourrait plus regagner sa voiture en catimini ni ramper dans une crevasse et s'y cacher. Il la verrait, où qu'elle soit. Mais elle ne pouvait hâter le pas qu'en imagination. Si son coeur battait à tout rompre, le reste de son corps avançait laborieusement. N'osant lever de nouveau les yeux de peur d'apercevoir encore plus de lumière, elle baissa le nez sur les rochers sans penser à rien d'autre. Après quelques minutes son pied se trouva encore dans le vide. Tendant le bras gauche, elle sentit une surface plane et lisse, où elle se laissa glisser. Était-ce la plate-forme où elle était venue le rencontrer? Dans ce cas, la rigole devait se trouver plus à gauche. Si elle y parvenait, elle pourrait marcher jusqu'en bas. Ou plutôt ramper, à cause de sa cheville. C'était un moindre mal car, de toute façon, il valait mieux qu'elle reste accroupie.

Comme il faisait toujours sombre, elle eut un regain d'espoir. Il devait l'attendre mais, si elle pouvait quitter la face du rocher avant les premières lueurs du jour, elle aurait peut-être une chance. Elle s'apprêta à avancer; prenant appui sur ses mains, elle se redressa sur sa jambe saine mais resta figée dans cette position, n'osant respirer. Elle avait perçu un bruit. Elle se laissa retomber en silence, l'oreille aux aguets. Elle entendit deux pierres s'entrechoquer, puis un léger glissement de cailloux. Automatiquement, elle tâta autour d'elle jusqu'à ce que ses doigts rencontrent un gros caillou. Dur et inégal, il était juste de la bonne grosseur pour tenir dans sa main. Elle patienta encore, entendit un autre craquement, puis une voix.

— Julie? Julie!

Elle dressa la tête et ses yeux se remplirent de larmes. Il ne s'était pas soucié de déguiser sa voix, cette fois. À quoi bon? Ça n'avait plus d'importance pour lui. Mais pour elle, si. C'était la voix de David.

— Julie?

Elle resta immobile, l'oreille tendue. Ses yeux redevenus secs, elle pensait ferme. Il était quelque part sur la gauche. Elle éprouva une envie folle d'aller vers la droite mais elle devait aller à gauche et le laisser s'approcher, assez près pour qu'elle puisse se servir du caillou.

— Julie!

Il ne criait pas mais il y avait de la peur dans sa voix. «Bien, se dit-elle. Il croit peut-être m'avoir perdue. À lui d'avoir peur.» Sans bruit, elle alla doucement en direction de la voix. Rendue au bord du rocher plat, elle recula le plus possible, s'arcbouta sur sa jambe solide et attendit. Ce ne fut pas long. Il y eut un nouveau crissement de gravier et elle put l'entendre respirer. Elle le vit même bouger dans le clair-obscur. Il grimpait jusqu'à elle.

— Julie? Es-tu là? Réponds-moi!

Lorsque sa tête fut presque à sa hauteur, Julie répondit : le bras tendu en arrière, elle lui rabattit de toutes ses forces le caillou sur la tête. Elle ne put retenir un cri en entendant le bruit mat et David, sans un son, s'écroula sur place, un filet de sang coulant sur son front.

Elle ne savait pas au juste quand elle s'était mise à pleurer, mais son visage ruisselait de larmes, qu'elle essuyait d'une main tremblante. Elle se tourna sur le côté pour ne plus voir David et resta allongée sur le sol, souhaitant pouvoir être transportée par magie dans un bon lit garni de draps frais. Elle avait réussi. Elle était saine et sauve. Mais elle se sentit soudain si épuisée qu'elle n'était pas sûre de pouvoir bouger d'un millimètre. Il le fallait, pourtant. Elle devait redescendre, clopiner jusqu'à la voiture, rouler jusqu'au poste de police. Elle se força à garder les yeux ouverts et, pour la première fois, elle distingua des ombres. Elle était effectivement sur le premier rocher qu'elle avait escaladé et la lumière montait rapidement; debout, elle pourrait même apercevoir sa voiture. Fuyant toujours la vue de David, elle se releva avec peine et regarda en contrebas. Sa voiture était là, un peu floue. La vue de sa masse sombre la ragaillardit et lui tira un sourire. Elle y arriverait.

— Te voilà!

Rien n'aurait pu la surprendre davantage. Julie poussa un cri au son de la voix et regarda fiévreusement autour d'elle. David?

— Par ici, Julie.

C'était Denis Lanctôt. Debout dans la rigole, de l'autre côté du rocher, ses yeux calmes et pâles la fixaient. Elle se racla la gorge avant de pouvoir demander :

— Que fais-tu ici?

— Je te cherchais.

— Mais... Pourquoi?...

Elle secoua la tête. Aurait-elle laissé ses esprits quelque part là-haut? Elle n'arrivait pas à s'arrêter sur une idée.

— Ne parle pas pour rien. Il vaut sans doute

mieux que tu ne dises rien.

— J'ai besoin de parler, réussit-elle à lancer. Tu ne sais pas... ou peut-être le sais-tu? Tu dois savoir. Sinon, pourquoi serais-tu venu me chercher?

— Savoir quoi?

— Ce qui est arrivé, répondit Julie en faisant un geste vers David.

Elle tenait toujours le caillou qui avait servi à le frapper et s'y accrochait, le tournant et le retournant dans ses mains en essayant de prononcer des phrases cohérentes.

— Il me poursuivait. Il a essayé de me tuer. Et il l'aurait fait si je...

Denis la regarda en souriant et dit d'une voix détachée :

— Si tu ne l'avais pas assommé? Pauvre David.

Pauvre? Julie ne put s'empêcher d'être indignée. Décidément, sa sympathie était mal dirigée. C'est elle qui venait de passer une nuit d'enfer. Et que dire de Diane?

Denis avait grimpé sur le roc et restait planté là, les yeux rivés sur elle. Julie fronça les sourcils. Il était terriblement calme pour quelqu'un qui vient de découvrir qu'un de ses amis est presque un meurtrier. Il aurait dû être secoué mais il avait plutôt l'air satisfait, même content. Content de lui, comme s'il venait d'élucider une énigme. Elle fronça de nouveau les sourcils. Elle n'avait pas remarqué à première vue qu'il était vêtu de noir de la tête aux pieds. Sa chevelure, son visage et ses poings fermés formaient les seules taches claires du tableau. Julie reprenait ses esprits et des tas de questions lui venaient en regardant Denis.

— Je ne comprends pas, dit-elle.

— Comprendre quoi?

— Pourquoi tu me cherchais. Et comment tu as su où me trouver. Pourquoi tu n'es pas furieux contre David, pourquoi tu n'as pas l'air le moins du monde inquiet, ou soulagé maintenant que...

— Maintenant que tout est fini? Mais tout n'est pas fini, Julie, pas encore. Tu n'as pas compris?

Sa voix avait changé. C'était de nouveau la voix qui lui avait parlé plus tôt, et avant, sur le répondeur. La voix de son mystérieux admirateur. Tout devenait plausible. Les vêtements noirs, l'apparition soudaine, les remarques désabusées à propos de David. C'est Denis qui l'avait entraînée ici, qui l'avait poussée, qui avait attendu jusqu'à l'aube pour la retrouver. Elle écarquilla les yeux à l'idée du danger qui la menaçait.

— Je vois que tu as compris. Je n'aurais sans doute pas dû attendre autant. Ç'aurait été plus facile pour toi. Mais je suppose que je voulais aller jusqu'au bout.

Tandis qu'il parlait, Julie s'était lentement redressée. Elle chancela, s'évertuant à ne pas mettre de poids sur sa cheville, puis elle reprit son équilibre. Denis l'observait, toujours avec le même petit sourire figé.

— Au cas où tu te le demanderais, dit-il, je n'ai pas poussé Diane. Elle est tombée accidentellement. Mais j'avoue que ça m'arrangeait. Jusqu'à ce que tu te mettes à raconter ce que tu avais entendu ce soir-là.

Julie ne voulait pas écouter. Sa voix si douce la distrayait, l'empêchait de réfléchir et elle devait à tout prix réfléchir.

— Pauvre David, répéta-t-il. Je suis vraiment désolé pour lui. Il ne savait pas dans quoi il s'embarquait.

Julie ne le quittait pas des yeux. Elle devait se tenir prête.

— En fait, il m'a facilité les choses. Tout le monde savait que vous vous entendiez bien, tous les deux. Puis plusieurs d'entre nous t'avons entendu crier après lui en ville.

Il fit un pas vers elle.

— Ils vont sans doute croire à une querelle d'amoureux. Vous vous êtes rencontrés, vous vous êtes disputés, puis vous en êtes venus aux coups.

Il s'approcha encore en desserrant les poings.

— Ils croiront à un accident. Un tragique accident. Trois en une semaine, ricana-t-il. Cet endroit aura mauvaise réputation. Tout le monde hochera la tête en disant qu'ils savaient bien que les rochers étaient dangereux. Et, pour un certain temps, plus personne ne viendra grimper par ici. Puis tout rentrera dans l'ordre. Les gens oublieront. Ils oublient toujours.

«Allez, approche, se disait mentalement Julie. Un peu plus près.» Denis la regarda en soupirant, comme une gamine encombrante de qui on n'arrive pas à se débarrasser. Il fit un autre pas vers elle, puis s'arrêta pour contempler le ciel.

— Eh bien! Julie.

Il allait continuer mais Julie ne lui en laissa pas la chance. Elle projeta le bras en arrière, se donna une poussée avec son pied valide et lui assena un grand coup de caillou sur la tête. Il fit un mouvement pour arrêter son bras, ses yeux de glace soudain saisis d'étonnement. Julie tenta de s'écarter de la main qui l'agrippait mais, sa cheville ne pouvant la soutenir, elle tomba lourdement sur le genou. Se retenant avec les mains, elle essaya de se relever prestement pour être prête à lutter.

Mais la lutte était déjà terminée. Denis avait perdu l'équilibre et ne réussit pas à le rétablir. Pendant qu'elle s'efforçait de se relever, elle entendit un faible halètement. C'est le seul son qu'émit Denis en tombant à la renverse sur les rochers en contrebas.

# Chapitre 13

Julie s'attendait à sombrer dans la crise d'hystérie, tout au moins à fondre en larmes. Tout était enfin terminé. Elle avait passé une nuit interminable à faire des choses que la banale Julie d'il y a quelques jours n'aurait jamais pu faire. Elle avait même failli tuer quelqu'un. Pourquoi la réaction se faisait-elle attendre? N'aurait-elle pas dû éprouver autre chose que cette torpeur étrange qui lui laissait la tête vide?

Presque vide, du moins. Car pendant qu'elle restait là à prendre de grandes bouffées d'air, elle ne pensait qu'à une chose : un grand verre d'eau glacée. Peut-être que c'était ça, l'hystérie?

Elle se rendit compte qu'elle tenait toujours le caillou à la main. Elle le contempla sans penser à rien, lorsqu'elle entendit un léger gémissement. David se relevait péniblement. Lâchant le caillou, elle clopina jusqu'à lui et éprouva un tel soulagement que ses yeux s'emplirent enfin de larmes, signe que ses émotions se réveillaient.

— Ça va, David? Je suis si contente que tu n'aies rien.

Un peu hébété, il se toucha délicatement la tête et grimaça en y tâtant la bosse. Julie grimaça aussi, mais de compassion.

— Excuse-moi. Je croyais que tu... Je ne savais pas.

Mais il était déjà à ses côtés, l'entourant de ses bras. Elle sentit sa respiration profonde, un peu tremblante, et devina qu'il était ému lui aussi. Ils restèrent l'un contre l'autre sans dire un mot, puis Julie s'écarta et pointa en direction de Denis.

— Denis est en bas. Il est tombé. Je ne sais pas s'il est mort ou vivant.

Elle avait la gorge serrée et sentit que ses genoux commençaient à trembler. Estomaqué, David alla jusqu'au bord du rocher et jeta un coup d'oeil en bas.

— Il est en vie, annonça-t-il au bout d'un moment. Je le vois bouger. Mais je crois qu'il est un peu sonné.

— Il faut appeler une ambulance, dit Julie.

David acquiesça.

— J'ai pris la voiture de mon père et elle est munie d'un poste émetteur. Je vais m'en servir pour appeler l'ambulance. Je reviens dans quelques minutes, fit-il en aidant Julie à s'asseoir.

Elle le regarda s'élancer à travers les rochers et les bosquets jusqu'à la voiture, qu'elle n'avait pas remarquée auparavant puisqu'elle était garée du côté opposé à la sienne. Il n'y resta que quelques minutes puis revint en toute hâte. Elle le vit aller jusqu'à Denis et s'agenouiller près de lui, puis elle détourna le regard. Les nuages commençaient à se dissiper et les rochers se teintaient lentement de rose. La journée allait être ensoleillée, ses parents auraient beau temps pour voyager.

Elle entendait la voix de David. Denis avait dû

reprendre conscience. Mais elle se refusait à regarder; elle ne voulait pas le voir. Elle savait qu'il avait besoin d'aide, surtout d'une aide psychiatrique, et elle souhaitait qu'il l'obtienne; mais elle était encore trop ébranlée pour s'apitoyer sur son sort. Furieuse, elle souhaitait seulement ne plus jamais le revoir.

Au bout de quelques minutes elle entendit David revenir. Il avait les traits tendus, comme s'il retenait ses larmes. Elle se rappela que lui et Denis étaient des amis. Du moins, ils se connaissaient depuis longtemps. Elle comprenait que David soit bouleversé, comme aurait dû l'être Denis un peu plus tôt. Quand il la rejoignit, il avait le visage plus calme.

— Est-il... Comment est-il? demanda Julie.

— Je ne sais pas trop. Je crois qu'il a une fracture à la jambe mais je n'ai pas osé le déplacer. Je lui ai expliqué ce qui était arrivé et je lui ai dit qu'on attendait l'ambulance.

Julie était toujours tremblotante. David vint s'asseoir auprès d'elle et lui mit une veste sur les épaules. Ils se regardèrent et ouvrirent la bouche en même temps.

— Qu'est-il arrivé?

— Toi d'abord, fit David.

Julie fit son récit en prenant soin de n'oublier aucun détail. Elle raconta les horribles choses qui lui étaient arrivées — le serpent, Cannelle, la moto — et comment elle avait fini par comprendre que tout cela était lié à ce qu'elle avait entendu le fameux soir. Elle lui parla des appels et des cadeaux de son admirateur, lui expliqua à quel point ils lui avaient fait plaisir, particulièrement celui de la veille.

— Je me sentais tellement seule. Je n'avais confiance en personne, comme tu vois, ajouta-t-elle en regardant avec un petit sourire sa blessure au front. Je crois que la peur m'empêchait de penser correctement. Autrement, je ne serais pas venue ici. Il ne m'est jamais venu à l'esprit qu'il pouvait s'agir de la même personne.

— Ça ne serait probablement jamais venu à l'esprit de n'importe quelle personne normale, la rassura David.

— Peut-être. Et sa voix! continua Julie. J'avais déjà eu l'occasion d'entendre Denis, du moins assez pour connaître sa voix. Mais il la déguisait si bien que j'ai été bernée. Et je n'ai pas soupçonné qu'il pouvait être mon admirateur à cause du clin d'oeil qu'il m'a lancé au restaurant, après qu'on ait appris l'accident de Diane. Mon admirateur était timide et quiconque lance une oeillade pareille ne peut pas être timide.

— Denis n'est pas timide, commenta David, mais il a toujours été réservé. Maintenant, je dirais plutôt qu'il était froid. Il n'est pas non plus du genre à lancer des clins d'oeil. Ça devait faire partie de son plan, pour te tromper.

— Eh bien! ç'a marché, fit Julie.

Elle frissonna et David lui enlaça les épaules. Ils restèrent assis en silence, jusqu'à ce qu'ils entendent la sirène dans le lointain.

— Je sais que tu es épuisée, fit David, mais nous devons y aller. Tu penses pouvoir y arriver?

Julie fit signe que oui et enfila les manches de la veste. Il l'aida à se relever, à traverser le rocher et à descendre dans la rigole. Il la tint par la taille, elle s'accrocha à son cou et, clopin-clopant, ils s'éloignèrent des rochers. Ils avançaient à petits pas et ils n'étaient qu'à mi-chemin lorsque arriva l'ambulance. David aida Julie à s'asseoir et alla rejoindre les hommes qui venaient en courant dans leur direction.

Julie ferma les yeux, sans penser à rien, pendant que les secouristes s'occupaient de Denis. Elle ne voulait pas voir la scène et ne rouvrit les yeux qu'en entendant de nouveau la sirène. David était de retour à ses côtés et l'aidait à se relever.

— Je leur ai dit que tu t'étais seulement foulé la cheville et que tu n'avais pas besoin de l'ambulance, lui dit-il. J'espère que j'ai bien fait. J'ai pensé que tu ne voudrais pas...

Sa voix flancha et il montra de la main la camionnette blanche qui s'éloignait en prenant de la vitesse.

— Merci, fit Julie. Je n'y ai pas pensé.

Elle n'aurait même pas envisagé d'accompagner Denis à l'hôpital. L'idée était si horrible qu'elle avait un goût de plaisanterie macabre et Julie ne put retenir un petit rire.

Ils gagnèrent encore du terrain vers les voitures puis, comme ils s'arrêtaient pour reprendre haleine, Julie se rappela quelque chose.

— Tu m'as dit que tu avais raconté à Denis ce qui s'était passé. Maintenant, raconte-moi. Comment astu su où me trouver? Et pourquoi me cherchais-tu? Et pourquoi n'as-tu pas paru surpris de ce que je t'ai raconté à propos de Denis?

— Tu oublies notre dispute de l'autre jour, lui rappela David. Tu ne veux pas savoir pourquoi j'ai agi si bizarrement?

— Je veux tout savoir, dit-elle.

— D'accord, fit-il en prenant une grande inspiration. Commençons par le commencement. Diane est sortie du coma.

— Vraiment? fit Julie, sincèrement contente pour elle. C'est formidable, David. Et elle ira tout à fait bien?

— Elle va déjà très bien. Elle a parlé de ce qui lui était arrivé, comment Denis et elle s'étaient disputés et comment elle était tombée.

Ils reprirent leur marche cahin-caha et David enchaîna :

— Denis est un maniaque d'informatique. C'est un gars brillant et sa famille n'arrête pas de le pousser. Il doit toujours être le meilleur, avoir les meilleures notes, aller dans le meilleur collège.

— Est-ce qu'il n'était pas le meilleur? demanda Julie.

— D'après Diane, ses notes baissaient. Je ne sais pas pourquoi, peut-être qu'il en avait simplement assez. Bref, son entrée à l'université était compromise. Mais il n'est pas qu'un simple maniaque d'informatique comme bien d'autres; c'est un vrai génie et il a trouvé le moyen de s'immiscer dans le système de l'école.

— Je vois, fit Julie. Des A instantanés.

— C'est ça. Or, Diane a découvert le pot aux roses et il l'a suppliée de ne rien dire. Elle l'a d'abord pris en pitié et lui a promis de se taire. Mais l'école a eu vent de quelque chose et ils se sont mis à avoir des doutes. Comme Diane travaille au bureau, elle savait qu'on ne tarderait pas à le démasquer. Et peut-être elle aussi, par la même occasion.

— Alors elle a décidé de parler?

— Oui. Mais d'abord elle a voulu lui en toucher un mot, peut-être le convaincre d'avouer. Alors il a paniqué. Il est presque devenu fou, criant que son avenir serait ruiné, qu'il comptait sur elle.

*Je comptais sur toi.* Julie ne pourrait jamais oublier ces mots.

Ils arrivèrent enfin près des voitures et David l'aida à monter dans la sienne; il viendrait chercher celle de Julie dès qu'il pourrait.

— Mes parents arrivent à l'aéroport à dix-huit heures, fit-elle. Je dois aller les chercher, ils vont m'attendre.

— Tu y seras, fit David. Je te conduirai.

Julie s'enfonça dans la banquette, le sourire aux lèvres.

— Enfin un vrai fauteuil! Mais c'est dangereux, tu sais. Je pourrais bien ne jamais en sortir.

— Si tu préfères marcher, clopiner, je veux dire...

— Oublie ça. Raconte-moi maintenant pourquoi toi, tout d'un coup, tu es devenu si... distant. Tu as agi comme si tu me détestais, après l'accident de Diane. Puis tu t'es mis à me harceler pour que je me rappelle. Pourquoi?

David mit la clef de contact, sans la tourner. Ses yeux noirs paraissaient confus, comme s'il ne savait pas très bien lui-même ce qui s'était passé.

— Tu te souviens, le soir de la chasse au trésor? J'ai amené Diane en voiture. Elle était soucieuse et m'a dit que quelque chose la tracassait. Elle n'a pas voulu en dire plus, sinon qu'elle devait s'en occuper et que ça n'allait pas être facile. Puis elle est partie avec Denis. Après, je ne sais pas ce qui s'est passé.

Il secoua la tête, l'air un peu honteux.

— C'est difficile à expliquer, Julie, mais je vais quand même être franc. Il m'est arrivé de penser que ça pouvait être toi.

Il avala sa salive et continua d'une traite.

— Diane n'est pas des plus gentilles et elle avait été particulièrement désagréable avec toi quand vous vous êtes rencontrées. J'ai donc cru que lorsque je t'avais laissée sur le massif, tu avais pu grimper, la rencontrer, vous auriez pu avoir une dispute, je ne sais trop. Je savais bien que tu ne l'aurais pas poussée mais j'ai cru...

— Que ça pouvait être un accident? termina Julie.

Il fit signe que oui.

— Tout accusait Denis, cependant. Mais je ne voulais pas le croire, fit-il en donnant une tape sur le volant. Après tout, c'est un ami... c'était un ami. Ce n'est pas tous les jours que tu soupçonnes un ami de laisser mourir quelqu'un. Ça m'a rendu fou. Je suppose que c'était plus facile de penser que c'était toi. Je ne m'attends pas à ce que tu comprennes, mais je n'arrêtais pas de me répéter que je ne te connaissais pas.

— Je l'ai fait moi aussi, lui avoua-t-elle. Lorsque j'ai enfin compris que quelqu'un essayait de m'effrayer, j'ai soupçonné tout le monde, y compris Sonia. Même toi, ajouta-t-elle en regardant son front. Je peux très bien comprendre, David. Moi non plus, je n'ai pas eu confiance en toi, et c'est vrai qu'on ne se connaît pas.

— Tu as raison... Bref, voilà où j'en étais, ruminant des idées noires et furieux contre moi-même de les ruminer. Et quand Diane a repris conscience et nous a raconté à propos de Denis, je me suis senti encore plus mal. Je suis allé chez toi pour te donner de ses nouvelles, surtout pour m'excuser et bavarder.

— Mais je n'étais pas là, fit Julie. Et pourquoi es-tu venu me chercher ici? Pourquoi même étais-tu inquiet?

David pencha la tête en arrière avec un sourire.

— J'ai forcé ta porte.

— Quoi? Tu n'aurais pas osé!

— Non, c'est vrai. Tu as tout bonnement oublié de verrouiller la porte.

— Et tu es entré tout simplement? Ce n'est pas que j'aie à m'en plaindre, ajouta-t-elle vivement, mais qu'est-ce qui t'a poussé?

— Bien, tout était allumé comme s'il y avait une partie à l'intérieur, expliqua-t-il. Or je savais que tes parents étaient absents et comme personne ne répondait quand j'ai sonné, j'ai décidé d'aller constater par moi-même.

— Heureusement que ma chienne n'était pas là.

— Pourquoi? Elle m'aurait mordu?

— Non, pouffa Julie. Elle se serait sans doute évanouie de peur. Au moins, je sais qu'elle va bien et qu'elle est en sécurité chez le vétérinaire.

— Je suis donc entré dans la salle de séjour et j'ai remarqué qu'il y avait un message sur le répondeur. J'ai pensé que ça pouvait me mettre sur la piste pour te retrouver.

— C'est ce qui est arrivé, et tu t'es précipité ici. Mais attends! Tu es allé chez moi hier soir et tu es arrivé ici à peine avant le lever du jour. Je ne veux pas être pointilleuse, mais...

— Pourquoi j'ai mis si longtemps, tu veux dire? Je ne savais pas qui t'avait appelée. J'ai cru que tu avais un ami.

— Je viens à peine d'arriver ici; comment pourrais-je déjà avoir un ami?

— Ça s'est déjà vu, fit-il, l'oeil malicieux.

Julie eut soudain conscience de l'allure qu'elle devait avoir. Son pantalon était déchiré, sa cheville était de la taille d'un melon et elle avait la peau tout écorchée. Quant à ses cheveux, elle préférait ne pas y penser. David lui fit un sourire taquin, comme s'il devinait ses pensées.

— Quoi qu'il en soit, je suis rentré chez moi. Ce soir-là, tout le monde était accroché au téléphone, à parler de Diane et de Denis. Brad a appelé, et Karine. Si Sally avait été là, elle aurait parlé sans arrêt. Sans trop savoir pourquoi, j'ai décidé d'appeler Denis. Je ne savais pas s'il était au courant que Diane était sortie du coma. J'ai pensé qu'on devait le prévenir et lui donner une chance de s'expliquer avec elle. S'excuser, peut-être.

Il rit doucement, presque tristement.

— Mais il n'était pas là, fit Julie.

— Personne ne savait où il était. C'est alors que j'ai deviné que c'est lui qui t'avait donné rendez-vous. Je suis venu ici aussi vite que j'ai pu.

Voilà. Il n'y avait plus rien à dire. David démarra la voiture, mais avant de la mettre en marche il prit la main de Julie.

— J'aurais dû te parler avant, dit-il. Si je t'avais dit ce que je pensais, je t'aurais épargné des tas d'ennuis... bien que le mot soit trop faible, mais tu sais ce que je veux dire.

— Oui, fit Julie en lui serrant la main. Mais je te comprends. Ne ressasse pas les «si». C'est fini, maintenant. Allons-nous-en d'ici.

— Marché conclu, fit-il. Mais à une condition.

Il se pencha vers elle, lui enleva la poussière qui maculait son visage et l'embrassa doucement sur le front.

— On a convenu tous les deux qu'on ne se connaissait pas vraiment, poursuivit-il. Alors, faisons connaissance, d'accord?

— Marché conclu! fit-elle.

David embraya et mit la voiture en marche. Julie se retourna pour jeter un dernier coup d'oeil au massif. Le soleil était plus haut, les rochers passaient lentement du rose soutenu au rose cendré.

Ils étaient toujours aussi fantomatiques, mais Julie songea qu'ils n'étaient pas la cause de son cauchemar. Le cauchemar était fini et elle sut sans le moindre doute que les rochers ne troubleraient plus jamais son sommeil.

## Un mot sur l'auteure

Carol Ellis a écrit plus de quinze ouvrages pour les jeunes, dont plusieurs dans les séries *Cheerleaders* et *The Girls of Canby Hall*, aux éditions *Scholastic*. Elle vit à New York avec son mari et son fils.

## Dans la même collection

1. Quel rendez-vous!
2. L'admirateur secret
3. Qui est à l'appareil?
4. Cette nuit-là!
5. Poisson d'avril
6. Ange où démon?
7. La gardienne
8. La robe de bal
9. L'examen fatidique
10. Le chouchou du professeur
11. Terreur à Saint-Louis
12. Fête sur la plage
13. Le passage secret
14. Le retour de Bob
15. Le bonhomme de neige
16. Les poupées mutilées
17. La gardienne II
18. L'accident
19. La rouquine
20. La fenêtre
21. L'invitation
22. Un week-end très spécial

ACHEVÉ D'IMPRIMER
EN MAI 1993
SUR LES PRESSES DE
PAYETTE & SIMMS INC.
À SAINT-LAMBERT, P.Q.